少年读中国史

· 8 ·

元 崛起于草原的帝国

果麦 编

北方联合出版传媒(集团)股份有限公司
万卷出版有限责任公司

果麦文化 出品

　　铁木真崛起于蒙古高原，历经征战杀伐统一草原各部，于斡难河畔被推举为全蒙古的大汗，获得了一个响亮的尊号——成吉思汗！他和他的子孙们以征服作为自己的使命，率蒙古铁骑横扫欧亚大陆，建立起空前庞大的蒙古帝国。

　　元世祖忽必烈完成了全国的大一统，建立了一个疆域空前广阔的大元王朝。他从中原王朝的礼乐制度中汲取营养，开运河、通海运、营建大都，使珍贵的宝货畅通无阻，吸引四方的商人和才智之士远道而来。然而成宗以后，朝廷之中内争不断、财政空虚，社会矛盾层出不穷，激起了轰轰烈烈的元末农民大起义，曾经强大无比的元朝最终在农民起义的冲击下崩溃瓦解。而那长长的运河、黄道婆的棉布，还有关汉卿、王实甫的杂剧，则在历史上留下了永恒的印记。

目 录

第一章　成吉思汗建立大蒙古国　001
1. 一代天骄　003
2. 三次西征　009
3. 一统中国　016
4. 草原帝国的传承　022

第二章　忽必烈与大元王朝　032
1. 蒙古人治理中原　033
2. 元世祖治国　039
3. 灭南宋，征日本　046

第三章　疆域广大的帝国　056
1. 城市与商业　057
2. 打通四方道路　064

3. 马可·波罗到中国　　　　　　　　　　071

第四章　元帝国的落幕　　　　　　080

1. 围绕皇位的争斗　　　　　　　　　081
2. 衰亡之路　　　　　　　　　　　　087
3. 天下动荡　　　　　　　　　　　　093

第五章　科技与文化并重的时代　　104

1. 棉花革命　　　　　　　　　　　　105
2. 天文与科技　　　　　　　　　　　111
3. 戏中人生百态　　　　　　　　　　116
4. 绘画与书法　　　　　　　　　　　121

大事年表　　　　　　　　　　　　　129

第一章

成吉思汗建立大蒙古国

逐水草而居的游牧生活

1. 一代天骄

草原上的雏鹰

1162年,在漠北草原的斡难河畔,一位传奇人物出生了。他一生之中曾四次差点被饿死,三次经历众叛亲离,两次面临全军覆没,最终却改写了这片草原的历史——他就是后来被尊为成吉思汗的铁木真。

蒙古族是我国北方一个古老的少数民族,过着游牧生活,到铁木真的祖辈父辈时,已经迁徙到蒙古草原两百多年了。当时蒙古族分为很多个部族,铁木真的父亲也速该是乞颜部的首领。铁木真九岁时,也速该被塔塔儿人毒死,乞颜部迅速陷入危机,部众纷纷叛逃去了泰赤乌部,连铁木真的叔辈脱朵延也打算离开。

铁木真的母亲诃额仑是位女中豪杰,她不甘心就这样和儿子一起被撇下,便带着族人追上脱朵延,质问他:

"别人叛变也就罢了,你是我族长辈,如今叛变,死后有何脸面去见地下的祖先?"说完又命令铁木真下拜。脱朵延等人面面相觑,心酸之下回拜说:"我们愿意以死效力!"就这样,诃额仑保住了丈夫也速该的部分基业。

之后,诃额仑带着部族中的人来到肯特山,四处搜寻野韭菜和野果子来填饱肚子。运气好的时候,也能捉到土拨鼠或者野鼠,吃上一顿"大餐"。铁木真则与弟弟们用针做鱼钩,自己结网捕鱼,艰苦度日。铁木真还曾被担心他力量壮大、给自己带来威胁的泰赤乌部族人捉去,趁着他们举行宴会的机会才用计逃出。这些经历和母亲的言传身教让少年铁木真懂得,草原的生存规则就是弱肉强食,自己不光要努力变得强大,也需要寻找同盟。于是,他投靠父亲的契交,向克烈部的首领脱里(即王汗)称臣,尊之为父。

十九岁那年,铁木真与弘吉剌(là)部的孛儿贴成婚,刚结婚不久,就被前来袭击的蔑儿乞部抢去了妻子。铁木真向儿时的朋友、如今札答阑部的首领札木合求救,又向克烈部的首领、他的义父王汗求助,组成联军,大败蔑儿乞部,抢回了妻子。战后,铁木真的力量逐渐壮大起来,旧时的部属和奴隶也纷纷重新投靠,结成乞颜贵族联盟，并推举铁木真为首领。这只草原雏鹰慢慢长大，即将要展翅翱翔在广袤的草原上。

唯一的草原之王

乞颜部开始复兴后，其势力威胁到了其他部落，铁木真与札木合这对好兄弟的关系也因此产生裂痕。1190年，以札木合为首领的札答阑部联合泰赤乌部，纠集三万人马攻打铁木真，铁木真则把自己的队伍分成十三翼（相当于营）迎战，史称"十三翼之战"。

最初，铁木真抵挡不过，率部退到狭地之中。可是札木合太过残暴，为了打击敌人的信心，竟用七十口大锅把俘虏活活煮死。这样一来，铁木真部反倒铁了心抗击到底，宁可战死也不投降。札木合的部下也觉得他行事残忍，纷纷离他而去，不少人都归附了厚待部众的铁木真。铁木真起初虽然打了败仗，却赢得了更多支持者。后来他和王汗联合，最终打败了札木合。

然而，太阳底下只能有一个草原之王。王汗选择和铁木真联合，是因为札木合的势力更强大。而当铁木真的势力超过了札木合时，铁木真便成了王汗的敌人。札

"一代天骄"成吉思汗

木合对王汗说:"我对您来说是白翎雀,无论寒暑都在北方,而铁木真是鸿雁,到冬天就会南飞。"在札木合的挑拨之下,1203年,王汗之子桑昆发起了对铁木真的战争,铁木真曾一度被打得退到大兴安岭边缘地带,处境之艰难,到了要食野马、喝河水的地步。但他没有轻言放弃,誓言与追随者同甘苦。待到元气恢复,铁木真趁王汗懈怠之时,突袭敌军大营,扭转战局。王汗败走,桑昆也逃去了新疆喀什。1204年,铁木真继续征服乃蛮部,灭其首领太阳汗,其他部落也或被打败,或主动投降了。

1206年春天,统一了各部落的铁木真在斡难河的源头扎下帐篷,燃起篝火,竖起旗帜,召开蒙古各部最高的议事大会——忽里勒台大会。各部族共同推举四十五岁的铁木真为"成吉思汗",即"拥有海洋四方的可汗"。

千户制与怯薛军

成吉思汗建立大蒙古国政权后,打破旧有的部落组织,将全蒙古的牧民分编为九十五个千户,让他们在指定牧区内生活,户口登记入册,归千户那颜(首领)统辖。这些千户既是军事组织,又是地方行政单位,男子均有服兵役的义务，既是牧民，也是战士。千户那颜大都是开国功臣，有世袭的权利，可以在辖区分配牧场、差派徭役、统领军队，他们上马能指挥勇士杀敌，下马能管理牧民生活和社会事务。千户之下设百户、十户，有各自的小首领。千户之上则设万户，由铁木真手下最出色的将领博尔术、木华黎等四人统领。千户制度是一种军政合一的制度，其建立改变了蒙古各部落的分散状态，形成了有序的隶属关系，极大地巩固了大汗的统治。

过去的蒙古群雄并立，谁也不能长久称霸，为了确保自己的势力长盛不衰，成吉思汗挑选出身体健壮、有特殊技能的青年人，组建成了一支"怯薛"，也就是大汗的禁卫军。怯薛主要由功勋子弟构成，有着严格的纪律，也享有非同寻常的特权，一个普通怯薛军人的地位甚至比千户那颜还高。怯薛以"四杰"木华黎、博尔忽、博尔术和赤老温为首领，又被称为"四怯薛"。这支怯薛军起初只有几百人，后来发展到了几万人，有力地维护着成吉思汗的统治。

此外，成吉思汗完善了各种军事管理和后勤保障制度，建立法律和司法机构，颁布了世界上第一套应用广泛的成文法典——《成吉思汗法典》。他定萨满教为国教，命人用畏兀儿文字来书写此前只有口语的蒙古语，任命萨满巫师兀孙老人为"别乞"（长老）。一个强大的蒙古国在草原上建立起来，即将掀起一场征服风暴。

2. 三次西征

成吉思汗灭花剌子模

成吉思汗曾说："男人最大的乐趣是战胜所有敌人，夺取他们的财物、马匹。"有着强烈掠夺欲望的成吉思汗在征服了整个蒙古草原之后，的确没有就此停下脚步。为了开拓更加广阔的疆土，他和他的子孙们先后发动了三次西征，几乎使蒙古骑士的铁蹄踏遍整个欧亚大陆。

第一次西征由成吉思汗亲自指挥，目标是蒙古草原西边的中亚突厥族国家花剌子模。成吉思汗曾派四百多人的蒙古商队去那里，希望和他们保持友好通商。可花剌子模的一位城主觊觎商队财物，竟向国王摩诃末诬陷说他们是奸细，杀害商队成员。成吉思汗闻讯大怒，誓为死者报仇。以此为契机，他于1219年率领二十万大军出兵中亚，分四路向花剌子模进攻。

蒙古军一路进军，很快直逼花剌子模新都城撒马尔罕。花剌子模虽有四十万大军，但统治阶层内部并不和睦，摩诃末的母亲串通自己的娘家康里部，一直在跟摩诃末争权夺利。摩诃末提前征收了三年的赋税，准备修建城防抵抗蒙古人，可工程才刚启动，行进迅速的蒙古大军已离此不远。摩诃末抛下军队望风而逃，于是蒙古军只用八天时间便攻克了撒马尔罕。成吉思汗将抵抗坚决的三万多康里人全部屠杀，城内工匠则编入蒙古军队。摩诃末一路逃到里海中的额别思宽岛，最后悄无声息地死在岛上。

摩诃末死后，其子札兰丁接替了父亲的位置，聚集起十几万人的部队。成吉思汗则派弟弟失吉忽秃忽率领三万蒙古骑兵继续进攻，并将士兵的毡毯竖着捆在多余马匹的背上。花剌子模人见状，以为马背上全是蒙古骑兵，不由得大惊失色。札兰丁身先士卒，挥刀大喊："我们的军队如此强大，就算他们有再多的后援，又有什么可怕？"双方激战了两天，蒙古军士兵损伤过半，遭到了西征以来前所未有的一次大败。花剌子模人士气大振，纷纷起来反抗蒙古军队。谁知在这关键时刻，札兰丁的部下却为争夺战利品起了内讧。这时成吉思汗和两个儿子察合台、窝阔台陆续率领大军前来，札兰丁抵挡不住，节节败退，最后只身逃到印度和波斯。

这次历经数年的西征直到1225年才结束，整个中亚地区都卷入了战争。为了追击摩诃末，一支蒙古部队进入今属俄罗斯的钦察草原，这也为第二次西征埋下了伏笔。

长子西征

第一次西征结束后，大蒙古国的经济、军事实力大增，扩张领土的野心也持续膨胀。成吉思汗的第三子窝阔台作为大蒙古国的第二位大汗，即位后通过一系列措施巩固了自己的权威，不久后便召开诸王大会，决定向今天俄罗斯的广大领土进军。

此次西征以术赤次子拔都为统帅，老将速不台为副将，兵力共十五万。窝阔台命令各宗室都派长子出战，万户以下各级那颜也派长子随同出征，所以这次出征也称为"长子西征"。

当时俄罗斯大地上有三股势力，分别是北方的不里阿耳、南方的钦察和西方的斡罗斯。拔都定下了先打南北两翼再西进的战略。速不台率军突袭北翼的不里阿耳，轻松地大获全胜。随后拔都立马开始向斡罗斯进军，目标是斡罗斯北部的弗拉基米尔公国，计划从北向南逐步吞掉整个斡罗斯。弗拉基米尔大公听到蒙古大军到来的消息，吓得直接弃城向北逃去。蒙古大军如入无人之境，不到三天就攻破了公国的都城。大军继续向南进发，给钦察草原上同为游牧民族的钦察人带来了灭顶之灾。

在钦察草原经过一个夏天的休整之后，蒙古大军锁定了下一个目标，那就是富饶的商业中心基辅。面对兵临城下的蒙古大军，基辅居民杀死了蒙古使者，表明了誓死守城的决心。可是城里的王公和统帅却怯懦地逃跑了，在十余万蒙古大军的合围之下，基辅最终陷落。

征服斡罗斯之后，拔都继续向孛烈儿（今波兰）、马札儿（今匈牙利）进军，渡过多瑙河，在里格尼茨与波兰军队展开了一场大战。地形平坦的波兰成了蒙古骑兵畅行无阻的战场，无论是波兰军队还是日耳曼人和条顿骑士团，统统不是蒙古铁骑的对手。蒙古骑兵如潮水一般汹涌而来，机动速度极快，个个箭无虚发，波兰的骑士、弩手和步兵被冲得七零八落，毫无还手之力。波兰统帅西里西亚大公亨利兵败被杀，战死的士兵则都被蒙古人割去了一只耳朵，这些耳朵加起来，足足装了九大包。在欧洲人看来，突如其来的蒙古骑兵骁勇剽悍，不可战胜，是他们无法理解的存在，其出现是上帝对他们信仰不够虔诚的惩罚，将其称为"上帝之鞭"。

这次西征持续了六年，直到1242年窝阔台大汗的死讯传来，拔都才停止西征，率军东还。第一次西征胜利后术赤在花剌子模以北获得的领地，由他的儿子拔都巩固并进一步扩张，建立起广阔的钦察汗国。因为大汗住在金色的大帐里，这个汗国又称为"金帐汗国"，统治俄罗斯长达两百多年。

征战西亚

经过前两次西征，大蒙古国灭掉了花剌子模，征服了东欧各国，势力范围愈发扩大。窝阔台和他的继任者贵由去世后，拖雷的长子蒙哥被选为大汗。他继承前人遗愿，继续拓展疆土，展开第三次西征。蒙哥任命自己的六弟旭烈兀为统帅，从诸王的军队中每十人中抽出两人，组成西征大军。军中专门从已经灭掉的金国等地调集炮手、火箭手千人，由汉人将领郭侃率领，组建了一支擅长攻城的部队。

这一次西征的目标是西亚地区不肯臣服蒙古的波斯木剌夷国（今伊朗北部）。大将怯的不花率先头部队于1253年出发，旭烈兀率大军主力经过一番准备后，于第二年出发。1256年，西征军攻下了中亚重镇撒马尔罕，然后陆续向西进军。怯的不花的部队作为先锋，率先攻入了木剌夷国境内。几次交战下来，木剌夷国的十万兵力已经消耗过半。木剌夷国的首领鲁克奴丁见抵挡不住蒙古军的攻势，只好投降，但还是和所有被俘与投降的木剌夷人一样，难逃被屠杀的命运。

旭烈兀占领了木剌夷国全境，在那里建立了伊利汗国。他并未停下征服的脚步，而是眼光继续向西，把位于阿拉伯半岛的黑衣大食（阿拔斯王朝）作为下一个征服的目标。他致信黑衣大食的哈里发（政教领袖）谟斯塔辛，要求他投降。谟斯塔辛的回信口气傲慢，他的臣民还侮辱了蒙古使臣。于是旭烈兀立即派兵，分三路进攻对方的首都报达（今伊拉克巴格达）。郭侃率领的攻城部队大显身手，炮石、火箭一齐发射，城墙很快被摧毁。谟斯塔辛此时再想投降却被旭烈兀拒绝。

蒙古军入城后烧杀抢掠了十七天，立国五百余年的黑衣大食至此灭亡。

西面的叙利亚人听说黑衣大食已经灭亡，表示愿意臣服。可是旭烈兀并不满意，仍出兵攻陷了叙利亚的阿勒颇和大马士革。1259年，大汗蒙哥在攻打南宋时意外身亡，旭烈兀闻讯后只好班师，蒙古的第三次西征就此结束。这次西征贯穿了整个西亚地区，客观上推动了中国与伊斯兰世界之间的交流，波斯、阿拉伯的天文学和医药正是在此时传入了中国，而中国的印刷术和火药等发明，也随着蒙古西征大军的脚步传入西亚乃至欧洲。至此，蒙古的大规模扩张也告一段落。

旭烈兀回到波斯后，他的四哥忽必烈与七弟阿里不哥正在争夺大汗之位。旭烈兀表示拥护忽必烈为大汗，指责阿里不哥，忽必烈也宣布，波斯的领地归旭烈兀掌管。伊利汗国和窝阔台汗国、钦察汗国、察合台汗国一起，成为蒙古人建立的四大汗国，分别统治着辽阔的疆域。

3. 一统中国

西夏的覆亡

在大蒙古国南方，有党项人建立的西夏和女真人建立的金朝。正所谓"卧榻之侧岂容他人鼾睡"，早在西征之前，成吉思汗就已多次向他们进攻、掠夺，并采取先弱后强的策略，首先把矛头对准了经济富庶的战略要地——西夏。

1209年，蒙古第三次大举进攻西夏。没多久，大军就包围了西夏的京城中兴府。成吉思汗下令引黄河水淹城，结果外堤决口，大水反而倒灌蒙古军营，大军只得撤退，并派人议和。西夏襄宗李安全献上自己的女儿，并同意每年纳贡，归顺蒙古，共同对付金朝。

然而，第一次西征结束后，1226年，成吉思汗又派人前去质问西夏："你以前说愿意归顺我，可你既不把儿子送到我这里当人质，也不把王汗旧部送过来。我出征花剌子模时，你也不肯派兵参战。你知罪吗？"以此为借口，他与窝阔台、拖雷等率领十万大军南下，发动大规模的灭夏之战。大军一路攻占黑水城、肃州、甘州，直逼贺兰山。西夏献宗李德旺在惊恐中生病死了，侄子李睍（xiàn）即位，成为西夏的末代皇帝。中兴府被蒙古军队围困了半年，粮尽援绝，不久又遭逢地震，城中宫室尽数震塌，李睍只好向成吉思汗献财请降，并要求宽限一个月再献城。

不想一个月的期限没到，成吉思汗就由于染上了斑疹伤寒一病不起。临死前，他要求隐瞒自己的死讯，暂不办理丧事，以免被西夏人知道。不久，李睍按照约定开城投降，蒙古人将他和中兴府的百姓尽数杀死，立国近两百年的西夏至此覆灭。

蒙宋联手灭金

蒙古人从前曾为金朝的民族压迫政策所苦，与金朝有世仇。成吉思汗建国之初就想伐金，无奈当时金朝是大国，不敢轻举妄动。为了伐金，他做了不少准备，先是灭掉牵制自己的西夏，扫清周边残敌，并一直注意刺探金朝的情报。

从1211年开始，成吉思汗多次出兵攻打金朝。这时的金朝早已没有从前的勇武，被蒙古军打得不断溃退。

金朝的都城中都燕京已经朝不保夕。不久，金朝发生了内乱，新登基的金宣宗向蒙古求和。成吉思汗觉得金朝已经不足为虑，接受了丰厚的献礼后便下令退兵。惊魂未定的金宣宗于1214年迁都开封，以躲避蒙古大军的锋芒。成吉思汗顺势占领了中都，并留下一支军队袭扰，以消耗金军的力量。

1217年，成吉思汗封木华黎为主帅，全权统领蒙古大军出征金朝。木华黎不仅是一位勇猛的战将，而且富有谋略。他改变了以前攻下城池后肆意杀掠且弃城不守的做法，并且重用归降蒙古的北方豪强史秉直、史天倪父子等人，在河北、山西、山东等地的数十座城都设置官员镇守。在木华黎一番卓有成效的经略举措之下，中原的蒙古军力量大增，并且牢牢控制住了大片土地，为灭金之战做好了充分的准备。

木华黎没等到灭金目标实现便病死于军中。几年后，成吉思汗也在征西夏回师的路上突然病死。他在去世前仍不忘灭金这个未完成的心愿，告诉儿子们："金朝精兵借助黄河天险，很难一举攻破。但南宋和金朝有世仇，将来可向南宋借兵，直捣汴京。我们以逸待劳，可以一举拿下金朝。"成吉思汗的第三子窝阔台继承了大汗之位和父亲的遗志，着手大举攻金。

窝阔台与众将商定了战略，计划分三路合围汴京，并亲自统率中路军。根据成吉思汗临终留下的方略，蒙古军绕开易守难攻的潼关，长驱南下兵临汴京城下。可是汴京城坚固极了，金兵的"震天雷""飞火枪"等火器也非常厉害，令蒙古兵伤亡惨重。围城时间久了，城内的粮食慢慢耗光，金哀宗完颜守绪连家眷都顾不上，仓皇逃往蔡州。汴京守将只好献城投降，把城池和大臣、嫔妃全部送给了蒙古人。

金哀宗一路逃到蔡州城，文武大臣纷纷逃命，只有一位宗室成员完颜承麟不离不弃地保护着他。走到末路的金朝此时遭到了两大外敌的夹攻：窝阔台约南宋合力灭金，许诺事成后南宋可以取得河南之地。此前南宋君臣一直举棋不定，担心灭金后蒙古成为更大的祸患。但此时的南宋也没有更好的选择，在权臣史弥远的决策下，南宋决定联蒙灭金，派孟珙率兵两万奔赴蔡州。

蒙古人近在眼前，南宋人步步紧逼，金哀宗知道大势已去，仍希望国家的宗祀能够延续下去。于是在大雪纷飞的冬天，他就把皇位禅让给了完颜承麟，希望他能逃出去。可禅位仪式还没结束，蒙古军就杀了进来。金哀宗匆忙自尽，完颜承麟也在突围时战死，此时他当上皇帝还不到一个时辰。

南宋苟安

蒙宋联军合力灭了金朝，孟珙率领的宋军也出了不少力，算是报了当年靖康之耻的大仇。但宋军的行为注定成为自掘坟墓之举，一旦帮助蒙古灭了金，南宋便会成为蒙古的下一个目标。关于河南之地的明确归属，宋蒙双方之前没有详细约定。金朝灭亡后，宋朝仅仅取得了河南南部的几个州县。当年北宋联金灭辽的苦果，如今南宋君臣也尝到了。

灭金之后，蒙古人在统一的路上又前进了一步。当时的南宋只求苟安于江南，宋理宗在位期间重用史弥远、贾似道等奸臣，在君臣们的腐化挥霍之下，宋朝内政腐败、外战失利。宋理宗想借金朝灭亡的机会，乘胜派兵去收复之前被金朝夺占的洛阳、汴京等地。蒙古军在洛阳将宋军包围，几乎令其全军覆没。蒙古军在汴京引黄河水淹城，迫使宋军退走。大汗窝阔台指责南宋违背了协议，并以此为理由，于1235年兵分三路攻向四川、湖北、淮西等地。南宋大将孟珙等人奋力抗击，挡住了蒙古人的进攻。窝阔台死后，南宋与蒙古的战争暂时停止。

1251年蒙哥继承汗位，也继承了历代大汗征服的使命感，决心完成灭宋统一的大业。他先派忽必烈和兀良合台出兵吐蕃东部，灭掉西南的大理，对南宋形成包围之势，后兵分三路进攻南宋。蒙哥自率主力进入四川，忽必烈进攻鄂州，兀良合台进攻潭州。谁料宋将王坚调集十七万人在合州防守，还加筑了地势险要、易守难攻的钓鱼城。1259年，蒙哥率兵强行攻城，结果在战场上突然身亡，而他的死因也在历史上留下了一个谜团。

此时的忽必烈正在努力攻打鄂州，想等打下来之后，回蒙古与弟弟阿里不哥抢夺大汗之位。谁知鄂州久攻不破，忽必烈进退两难。贾似道见状趁机派人前来求和，表示愿意每年向蒙古进贡银两和布匹。忽必烈急于夺权，接受了和约，然后急速撤兵回蒙古颁布诏书称帝，花四年时间打败阿里不哥，巩固了大位，并将国号由"大蒙古国"改为"大元"。忽必烈是元朝的首位皇帝，也就是历史上的"元世祖"。

凭着这一纸和约及蒙古的内乱，南宋过了几年安稳日子，但几年后终究没能逃过被蒙古灭亡的结局。元世祖忽必烈最终完成了统一中原的大业，建立起一个疆域空前辽阔的元帝国。

4. 草原帝国的传承

以征战为使命

成吉思汗作为大蒙古国的建立者，在位二十二年。他统一蒙古，成为草原人民的共主。其后，他带着自己的子孙率领不到二十万蒙古铁骑，征服了四十多个国家、数百个民族，消灭各国军队的人数超过千万。不断扩张之下，蒙古最终建立起一个横跨亚欧两洲的大帝国，东起日本海，西抵多瑙河，北跨西伯利亚，南临南海，领土总面积达三千多万平方公里，势力范围空前强大。

蒙古人如此能征善战，与游牧民族的优势有关。高纬度地区的牧民往往身材健壮，马匹经过一代又一代的选种、培育，也变得高大强壮。凭借出色的骑术和驯马术，蒙古人把这些优质的马种驯服为战马。牧民身穿金属盔甲、手执金属兵器，骑上马背便能稳稳地到处冲杀，这是周朝的戎狄、秦汉时的匈奴人也比不了的。这样优质的马匹和穿戴装甲的骑兵让农耕民族的步兵躲不及、挡不住、追不上,制造出了一种噩梦般的"闪电战"。在战争中,强大的蒙古骑兵跟随成吉思汗四处劫掠。只能穿狗皮、吃动物肉的日子一去不复返,人们开始拥有丰富的食物、醇美的酒、丝绸或棉布的衣服,王公贵族和将军们就更加富有。

随着征服地域的扩大,各地人口也成了兵源,蒙古人常征调契丹、汉、畏兀儿等各族人口来扩充军队。此外,在西征和攻打中原的过程中,蒙古人还很重视当地的工匠,常让他们帮自己制造火器、兵器,修建营房,等等。比如善制鸣镝的刘仲禄,善于制造攻城器械的郭侃、石天应,善造火石炮的薛塔剌海和张荣父子等人,都在蒙古人的四方征战中发挥了作用。

蒙古人的穷兵黩武给各地的人民带去了灾难,而他们自己也深受其害。牧民们一边受王公贵族的盘剥,另一边还要投入无休止的战争中。蒙古人打仗,路途远极了,连十三四岁的孩子都被征调出兵。他们要行军好几年,最后到达战场时,已经长成了十七八岁的中年人,正好上阵杀敌。至于他们能不能在战争、疾病和各种天

攻无不克的蒙古铁骑

灾人祸中活命，平安回到故乡，就是完全不可预料的了。

版图向西扩张

面对强大的蒙古铁骑，有些骄傲的君王拒而不从，最终在付出无数男儿的头颅与鲜血之后被迫投降。也有一些君王知道自己敌不过蒙古人，便早早地低头臣服，唐朝时曾经威风八面的回鹘和吐蕃就是这样。

庞大的回鹘汗国灭亡后，回鹘人分散开来，西迁到碎叶、于阗、北庭、高昌等地，陆续形成了新的国家畏兀儿，他们的首领称"亦都护"。契丹人崛起后，畏兀儿人归附辽朝，向他们纳贡。辽朝灭亡，耶律大石率部众西迁，建立西辽，畏兀儿人便继续依附西辽。然而，西辽派来的少监（西辽朝廷的代表，地位凌驾于附属国的地方长官之上）对畏兀儿人百般凌辱，亦都护巴而术忍无可忍，杀死了他。为防止西辽报复，巴而术派人前去向势力不断扩张的成吉思汗表示臣服，并亲自前去朝见。于是，成吉思汗将女儿嫁给了巴而术，视他为自己的第五个儿子。畏兀儿从此成为蒙古大汗的藩臣，元朝建立后，他们又臣服于元朝。成吉思汗以畏兀儿字母为基础创造蒙古文字，畏兀儿人也受到蒙古大汗和元朝皇帝的信任和重用，地位在其他民族之上。

位于西藏的吐蕃在9世纪后期爆发了一场规模巨大的奴隶起义，吐蕃王国灭亡，进入贵族割据分裂的局面。当时，佛教在这里迅速发展，形成众多教派，贵族们往往借僧侣的影响力维护自己的统治，因此各教派往往享有很大的权力。窝阔台的次子阔端准备伐宋时，打算从西南方攻占蜀地，顺便在这里招降了一些吐蕃贵族，并让他们继续统治原来的领地。1239年，阔端派将军多达那波入藏，了解过当地的情况后，多达那波建议让当地的教派首领来治理这片辽阔而险要的地方，后来还召萨迦派首领萨班去觐见阔端。萨班看到蒙古的力量强大，认为只有臣服才能免遭灾祸。于是，他带着侄子八思巴等人到达凉州，归顺了阔端。从此萨迦派成了西藏的行政长官，其余贵族官长仍保持原来的地位，向蒙古进贡金银、象牙等各种土产。萨班留在凉州并终老于此，八思巴继任萨迦派首领，后来受到忽必烈的器重。

畏兀儿和吐蕃的归顺，使广阔的新疆、西藏地区也纳入了元朝版图，与中原地区继续保持密切的政治、经济、文化往来。

汗位的传承与争夺

成吉思汗少年掌兵，在蒙古草原上纵横捭阖，之后更是东征西讨，所向披靡。然而一代天骄也终归逃脱不了凡人的宿命，六十六岁这年，成吉思汗亲自带兵将西夏逼入绝境，却在国主李睍定好投降期限的时候染病去世了。

按照蒙古人的习惯，只有长妻（即正妻）的儿子才能继承家业，如果长妻有多个儿子，那么年长的儿子长大后应该分出去另立家庭，由幼子继承父亲留下来的家产。成吉思汗的长妻孛儿贴共生了四个儿子，分别是术赤、察合台、窝阔台和拖雷。孛儿贴曾被蔑儿乞部抢走，在回来的途中生下了术赤，所以很多人怀疑术赤不是成吉思汗的亲生儿子。察合台一直不服从术赤，两个人甚至曾经当着成吉思汗的面互相厮打。西征花剌子模时，他们也互不配合，以至围攻几个月也没能拿下玉龙杰赤城，惹得成吉思汗大发脾气。而第三子窝阔台不仅骁勇善战、足智多谋，而且仁慈宽厚，才能、品行都很出色，是各方都愿意接受的继承人。

在这样的情况下，成吉思汗留下遗命，汗位的继任者要由诸王、贵族及各部酋长召开忽里勒台大会选定，此前由四子拖雷监国。他把征服的广大领地分给几个儿子，长子术赤建立了钦察汗国，次子察合台建立了察合台汗国，三子窝阔台建立了窝阔台汗国。四子拖雷最小，按照蒙古人由幼子继承家业的习俗，他继承了其余所有的领地，总共约十万户，还有成吉思汗的营盘、帐幕、财产、国库、护卫和体己军队等，并以监国的名义掌管蒙古军政大权，势力比窝阔台还要大。

1229年，蒙古各部王公聚在一起召开了忽里勒台大会，推选窝阔台为蒙古大汗。窝阔台死后，其长子贵由又在西征的途中尚未返回，于是贵由之母乃马真皇后临朝称制。乃马真皇后尽力为儿子创造继承汗位的条件，在准备就绪后召开的忽里勒台大会上，除了术赤之子拔都有些心怀不满，王公们一致推举贵由登上汗位。

体弱多病却又沉迷酒色的贵由在位仅两年便病死了，王公们再次召开忽里勒台大会。皇后海迷失主张由窝阔台的孙子失烈门继位，但拔都却坚持推举拖雷的长子蒙哥，拖雷的另外几个儿子忽必烈等也都支持自己的大哥。拖雷一系的势力本来就比窝阔台大，现在又有了拔都的支持，最终让蒙哥登上了汗位。但窝阔台、察合台两系的王公对蒙哥继位并不满意，拒绝承认这个结果。

蒙哥死后，拖雷一系继续把持着蒙古大汗的位置。而在拖雷系内部，蒙哥的两个弟弟忽必烈与阿里不哥为争夺汗位，进行了四年的激烈争斗。旭烈兀虽然支持忽必烈，但是他的伊利汗国远在西亚，还跟钦察汗国的继任者别尔哥连年战争，视对方为仇敌，后来也慢慢脱离了蒙古的控制。窝阔台的孙子海都则纠集窝阔台汗国、察合台汗国的势力，同忽必烈进行了长达四十年的争斗，直到忽必烈死后才彻底平息。几大汗国逐渐脱离了身在中原的大汗的统治，作为独立的势力继续发展。

　　北方游牧民族与中原汉族的军事冲突，是中国历史的一条重要线索。受自然与地理环境的限制，草原上可以放牧的季节很短暂，遇到严寒等情况无法放牧时，游牧民族就只能南下，抢掠与他们相邻而居的农耕民族。蒙古人有强健的体魄和优质的马种，可以长时间在马背上作战和生活，对环境的适应力和机动战斗力格外强，成为农耕民族难以抵抗的强敌。

思考题

想一想，哪些因素造就了蒙古骑兵强大的战斗力，令其足以席卷整个欧亚大陆？

第二章

忽必烈与大元王朝

1. 蒙古人治理中原

耶律家的"千里马"

成吉思汗攻占金朝的中都时,听说金朝有一位了不起的人物叫耶律楚材。他是契丹族人,辽太祖耶律阿保机的九世孙,父亲耶律履是大学者,六十岁时才生了耶律楚材。当时金朝已经腐朽衰弱,耶律履私下对人说:"这个孩子是我们家的千里马,一定能成大器,可将来重用他的却会是外国。"于是用《左传》中"楚虽有材,晋实用之"的典故,给儿子取名为耶律楚材。

耶律楚材三岁时父亲便死了,其母杨氏负责他的教育。耶律楚材十三岁能读诗书,十七岁时就已经通晓天文、地理、律历、术数、佛道两教、医卜杂学。他在金朝的科举考试中位列优等,二十几岁就做了开州同知。成吉思汗攻下中都后,得知耶律楚材才华横溢、满腹经纶，特意召见他询问治国大计。成吉思汗见他身长八尺，声音洪亮，漂亮的胡子长到胸口，非常喜欢，任命他为辅臣，管他叫"吾图撒合里"，意思是"胡子长的人"。

有个善造大弓的西夏人讥笑耶律楚材说："国家正要用武力打仗，要个儒士有什么用？"耶律楚材则回答说："制一张弓需要弓匠，难道治理天下就不要个'天下匠'吗？"后来，耶律楚材随成吉思汗西征，屡立奇功，很受器重。成吉思汗后来对窝阔台提到耶律楚材时说："这人是上天赐给我们家的，你以后要把军国事务交给他处理。"

统治方式的转变

随着蒙古国统治区域的不断扩大，他们的统治方式也发生了很大的转变。在这个转变过程中，耶律楚材起了重要作用。他真正受到重用并得以施展自己的治国才能，是在窝阔台时期。

窝阔台即位时，耶律楚材想通过他的登基典礼，依照中原王朝传统礼仪为蒙古国立下仪制。为了说服蒙古人，耶律楚材劝窝阔台的哥哥察合台说："您虽然身为兄长,却也是大汗的臣子。如果您在大汗即位的时候下拜,其他人就不敢不下拜了。"于是,在即位仪式上,察合台率领王公大臣们一起下拜行礼。从此,蒙古有了君臣的礼仪制度。

在成吉思汗时代,不管是打西夏、金朝还是花剌子模,凡是遇到抵抗者,蒙古人就会屠城,只留下有利用价值的工匠。速不台攻汴京的时候,蒙古人伤亡惨重,打算屠杀全城百姓。耶律楚材劝窝阔台说:"将士们打了几十年仗,光抢来土地却没人耕种,有什么用处呢?而且工匠和有钱的大户人家也都在城里,如果把他们都杀了,我们除了抢点东西,什么也得不到,不是白白浪费力气吗?"于是窝阔台下令,攻克汴京之后,除了皇族,一概不杀。城里的上百万人口这才留下了性命。此后蒙古人屠城的事越来越少,忽必烈灭大理时没有屠城,攻南宋时还要求将领们不要乱杀人。

蒙古的王公、将领们只懂得打仗、放牧,不管打到哪里,只管把财物抢劫一空,不管老百姓的死活。有些大臣甚至觉得汉人对国家来说没什么用处,不如把他们赶走,把耕地变为牧场。耶律楚材却觉得让中原百姓安居乐业,再向他们征收赋税才是正途,窝阔台不相信,却还是让耶律楚材试试看。于是耶律楚材在燕京、太原等地设置了十路征收课税使，专掌钱粮，不归地方官管辖，果然收来了大量的财物。窝阔台不由得大为惊奇，说："你整天不离我左右，却能让国家财政充足，太了不起了！"

对于打下来的土地，蒙古之前的习惯是把它们分封给亲族和功臣。窝阔台时中原户口有一百一十万户，大臣们将其中的七十六万户分封给了各位王公贵族，剩下的几十万户归各级政府。耶律楚材却认为，给功臣赏赐金帛就可以了，不应该把土地和人口的管辖权都分掉。窝阔台说："可是我已经同意了呀，那该怎么办呢？"耶律楚材说："那就规定，他们的封地由朝廷的官吏来征收赋税，年终会分金帛给他们，不许他们自己征税。"因此耶律楚材制定配套的赋税制度"五户丝制"，给诸王一些财物，把征税的权利夺了过来。这种办法虽然不能阻止分封制度，但对受封的诸王贵族是一种限制，使他们不能任意搜刮，也保证了政府对民户的征税，使国库有了稳定的收入。

成吉思汗时，实行军政合一的千户制。蒙古灭掉西夏和金朝之后，许多官员和地主投降，蒙古也像过去那样给功臣封军职，命他们管理地方。耶律楚材却建议在地方设置专管百姓的官职，万户、千户那颜只管理军队。这样把军权、行政权分开，就不怕底下的人有钱有兵尾大不掉了。

推广儒学

成吉思汗对儒学不算太重视，之所以重视耶律楚材，一部分原因是他擅长占卜之术。深受儒家文化浸染的耶律楚材以传承儒学为自己的使命，坚信蒙古统治者只有重用儒士，继承中原王朝的典章制度，才能真正治理好汉地的百姓，于是大力推动发展儒学。

窝阔台在耶律楚材等人的劝说下，注意尊重儒学、选拔儒士。1232年，蒙古军进攻汴京。耶律楚材提前派人进城找到孔子的五十一世孙孔元措，奏请窝阔台封他做了衍圣公。攻破汴京之后，耶律楚材又延揽、救济金朝的儒生，让他们教大汗和百官的子弟们读儒家书籍。1238年，窝阔台接受耶律楚材的建议，通过考试赋予一些读书人"儒户"的身份。儒生们原来只是战俘或奴仆，可一旦考取儒户，就不用再缴纳赋税，优秀的甚至可以做官。这既为元朝赢得了儒生们的支持，也为朝廷和地方官府提供了人才储备。然而，不少蒙古人希望保持原来的风俗，不愿改变。1241年窝阔台去世后，皇后乃马真和奥都剌合蛮掌握大权，处处排挤、限制耶律楚材。耶律楚材郁郁而终，甚至被政敌诬告贪污，直到忽必烈执政后才平冤昭雪。

在耶律楚材之外，窝阔台的养子杨惟中也是个饱读儒家经典、以天下为己任的人。他注意收集各地的儒家典籍，对一些德高望重的大儒十分尊重，相信只有按儒家学说治国才能长治久安。他本是弘州（今河北阳原）人，年幼时父母在蒙金之战中遇难，因机缘巧合被大汗窝阔台收养。他饱读诗书，富有胆略，深受大汗器重，后来接替了耶律楚材的宰相之位。杨惟中等人从俘虏营中救出了南方的大儒赵复，将他请到燕京，并为他建了一座太极书院。赵复等人从此就在这里著书讲学，对孔孟之道和理学的书目、宗旨、师承关系等加以全面介绍。于是，理学开始在北方传播开来，书院也培养出一批著名的理学家。

2. 元世祖治国

给王朝换一副骨骼

忽必烈是拖雷的第二个儿子。他很早就结识了一批汉族知识分子,十分信任刘秉忠等人。蒙哥即位后,将漠南汉地委托给忽必烈来管理。这一时期,忽必烈继续网罗人才,杨惟中、王文统等儒士都纷纷前来投靠他。刘秉忠对忽必烈说:"谁能重用士大夫,又能推行中原的治国之道,谁就能成为一统天下的皇帝。"因此,忽必烈在主持漠南汉地时,就十分注意招抚流亡的人民,大搞屯田积粮、整顿财政等措施。可以说,在忽必烈夺取汗位之前的十多年间,他已经跳出蒙古"黄金家族"的小圈子,逐渐成为懂得汉法、决心推行汉法的统治者。

1260年忽必烈即位后,效法中原王朝的习惯,用年号纪年,定年号为"中统"。之后,他将政治中心移至漠南汉地,以燕京为中都,并沿用中原官制对行政机构进行汉化改革。他还在京师设立蒙古国子学,蒙古和汉人亲贵的子弟都去学习,由大儒许衡担任祭酒(相当于校

元朝的建立者忽必烈

长）。许衡教这些贵族子弟们学"四书"，讲的是朱熹理学，但用语非常通俗，即便是那些读不懂汉文古书的人也能听了就懂。这些贵族子弟学成之后，很多当了官员，甚至当上丞相。这样持续了几十年，朝廷官员说话、办事都像儒家士大夫，与成吉思汗时期已大不相同。

忽必烈在朝廷设中书省，这是元朝的中枢机构，主管全国行政事务，以中书令为最高长官，另设左、右丞相负责日常政务。京师周边设腹里，由中书省直辖。地方设行中书省，意即"行动的中书省"，由朝廷管辖，是各地的最高行政机构，除腹里以外的一级行政区。行省之下，又设路、府（或州）、县，至此，过去由千户、万户上马管军、下马管民的制度彻底发生了改变。这套制度完善了朝廷与地方的权力结构，对明清两代影响深远，也是我国省制的开端。

平定中原之后，为了让那些闲下来的蒙古骑兵有事干，忽必烈把黄河南北的荒地分给他们，让他们种田，于是很多蒙古人也从牧民变成了农民。他起用善于理财的汉人王文统作为中书省长官管理国家财政。王文统一改之前的滥征税、乱收费之弊，对汉地的户口进行分类，按照财力多寡划定不同的等级来收税。这样一来，贵族领主对百姓的影响大大减弱，无法像以前一样横征暴敛，朝廷的权威和财政收入也有了保障。

忽必烈还设立了劝农司，由这个专设的机构来鼓励农民按时耕种。他又让人搜集农业书籍，由大司农司编写了《农桑辑要》，用来指导农民按时播种适合当地水土的作物。忽必烈治下的元朝一改游牧民族的作风，成了货真价实的中原王朝，政治统治得以稳固，也恢复和发展了农业和经济。

1271年，忽必烈废弃"蒙古"国号，取《易经》中"大哉乾元，万物资始"之意，改国号为"大元"。这时的蒙古政权已经从一个地区性政权转变为采用汉族传统统治方式的全国性政权了。

民族新格局

跟成吉思汗、窝阔台比，忽必烈对儒家学说和汉人都算是比较重视的。但整体来说，元朝仍以蒙古贵族为尊，然后才是汉人和其他少数民族。

忽必烈曾经非常信任汉人，他在主持漠南事务时就重用过不少汉人。比如汉臣王文统本来只是一介平民，由于才能出众被他一手提拔成宰相，主持中书省事务。王文统提议建十路宣抚司、颁行"交钞"、设立互市等，忽必烈也都同意了。可是后来王文统的女婿李璮（tǎn）却起兵造反，要投降南宋。

当时忽必烈正在跟阿里不哥争夺大汗之位，而且处于下风，李璮的叛乱无异于雪上加霜。因此他非常生气，平定李璮后将王文统杀掉，连当年举荐王文统的人也都治了罪。这时忽必烈手下的蒙古人和色目人就出来说："我们犯错，不过是捞点银子。哪里像汉人，连造反的事都敢干！"忽必烈从此对汉人心怀芥蒂，更加重用蒙古人和色目人。

平定南宋后，元朝将新归附的人口统称为"南人"，这样就形成了蒙古人、色目人、汉人和南人这四等人。其中色目人指的是欧洲、中亚、西亚等各民族的人，汉人指原来金国、西夏的女真人、党项人和汉族人等。朝廷在用人的时候，首先会用蒙古人，其次是色目人和汉人，最后才能轮到南人。汉人即便做了大官，也不能参与军事决策；南人不能做大官，也不能带兵。法律方面，如果是汉人打死了蒙古人，那他就要偿命，并且赔偿五十两烧埋银子。但如果是蒙古人打死了汉人，只需要赔烧埋银子,并充军上前线就可以了,不需要偿命。因此元朝的民族压迫、民族矛盾都很严重。

另一方面,元朝和四大汗国疆域辽阔,欧亚大陆各民族之间的接触和交往很频繁,宗教信仰、生活习惯上也相互影响,因此造成了民族大融合。蒙古族大量迁入中原和江南,同汉族杂居相处,原先进入中原的契丹、女真也渐渐被汉族同化。很多来自波斯、阿拉伯的人,更是长期与汉、蒙古、畏兀儿等族通婚,逐渐交融,形成了一个新的民族——回族。元朝空前辽阔的疆域和统一的局面,造就了一个民族交流融合的繁盛时期。我国各民族"大杂居、小聚居"的分布特点,在元代就已经充分显现了。

八思巴与八思巴文

忽必烈崇信佛教,特别重视西藏高僧八思巴。八思巴是萨迦教派法主萨班的侄子,七岁就能念诵几十万字的佛经,说出其中的门道,被吐蕃人称为"圣童"。萨班去觐见阔端表示臣服时,带了八思巴同行。此后萨班就留了下来,由阔端供养,至死也没再回吐蕃。忽必烈与八思巴见过数次，听他讲佛教可以"救度一切众生"，非常佩服，就让他为自己行了灌顶之礼。

当时道教和佛教经常互相争论，显示自己比对方高明，以争取蒙古人的支持。1258年，双方在开平府（后来的元上都）进行了一次大辩论，由忽必烈主持。佛僧、道士以及三教九流共有上千人参加，这可能是中国历史上规模最大的一次僧道大辩论。八思巴作为佛教的代表也参与其中。他才学渊博、能言善辩，帮佛教争得上风，道士们则被责令剃了光头改当和尚。忽必烈继位后，拜八思巴为国师，后来还设立管理全国佛教和西藏地方军政的"总制院"，让八思巴来掌管。

蒙古过去没有自己的文字，成吉思汗便让人以畏兀儿文书写蒙古语。1260年，忽必烈命八思巴重新制定蒙古文字。八思巴以古藏文字母为主，辅以部分梵文字母和新造字母，创造了由四十一个字母组成的字母表，用来拼写蒙古语。这种文字被称为"蒙古新字"，后来改称"蒙古字"，也被人们叫作"八思巴文"。八思巴文是一套拼音文字，除了可以拼写蒙古语，还可以用来拼写汉语、藏语、维吾尔语等。书写时从上到下、从左往右，不设标点符号。字母的形状是方的，除了通行的标准体之外，八思巴还为其设计了印章体和藏文体的不同写法。

八思巴耗费几年心力研制出的这套文字大受忽必烈欣赏，1269年正式公布使用。然而，由于它的字形难以辨识，推广过程中受到很大的阻力。因此，民间仍然沿用成吉思汗时创制的文字，八思巴文一般只用于元朝官方。即使如此，这套文字的创制和推广仍在一定程度上加速了蒙古社会的文明进程，也为后世留下了许多珍贵史料。直到元朝灭亡，八思巴文才结束了它的历史使命。

3. 灭南宋，征日本

襄阳之战

当初与南宋交战正酣时，忽必烈为了抽身争夺汗位，跟贾似道签了和约。可是之后南宋一直没来进贡，忽必烈当然不肯放过他们，于1267年继续派兵南征。南宋看似羸弱，真打起来却不容易战胜，襄阳就是一根难啃的硬骨头。

襄阳的地理位置十分重要，城墙高大，护城河宽阔，物资储备也很充足，是南宋的军事重镇。蒙古人作为游牧民族，打仗一向讲究速战速决，然而他们知道对于襄阳城，强攻很难取胜，便耐下心来在它周围四面筑堡，打算采取长期战术伺机破城。襄阳城守将吕文焕英勇不屈，顽强抵抗，多次出击，却仍未改变被困的局面。后来南宋派水军前去支援，也被潜心练水军、造战船的蒙古军打得节节败退。

1273年，蒙古军对襄阳城发动总攻。看到宋人城墙坚固，以火器攻城不起作用，忽必烈专门从伊利汗国征调来能工巧匠阿老瓦丁和亦思马因，制造出了当时世界上最大"回回炮"。这是一种大型攻城用投石机，炮石重一百五十斤，投出去时，声音之大震动天地，无坚不摧，落地能砸出七尺深的大坑，叫人看了头皮发麻。吕文焕见突围无望，又恐惧元军的压力，只好献城投降。

襄阳之战打了有五年之久，是蒙古消灭南宋政权的一次重要战役，也成为宋元王朝更迭的关键一战。而南宋一边，贾似道还在向宋度宗欺瞒襄阳失守之事，后更是推卸责任。度宗离世后，即位的恭帝才四岁，大事仍要听贾似道的，国家前途越发黯淡无望。

最后一战

攻下襄阳后,元军就突破了南宋的战略防御体系,从此可以长驱直入南宋腹地。1274年,元朝的中书左丞相伯颜(1236—1295)率大军南下,一路上势不可当,接连攻克南宋多座城池。宋将张世杰聚集战船万余艘,在镇江的焦山与元军展开大战。元军以火箭射向宋朝船只,令其水师几乎全军覆没。南宋派右丞相文天祥去跟元军谈判,他当面斥责元军统帅伯颜,伯颜一怒之下将他扣留,后来文天祥费了很大力气才逃出去。伯颜认为已经没有与南宋君臣议和的必要了,便令元军继续进军,一路势如破竹,长驱直入,最终攻下临安,俘获了年幼的宋恭帝。

在临安危急之时,度宗的另外两个儿子益王赵昰(shì)、广王赵昺(bǐng)逃到温州,张世杰和礼部侍郎陆秀夫等人尊赵昰为皇帝。八岁的小皇帝整天担惊受怕,支撑了两年便惊悸而死。陆秀夫等人又拥立七岁的赵昺为皇帝,一边处理朝廷日常事务,一边不忘教小皇帝读书。元将张弘范率军南下追剿,在潮阳五坡岭击败并俘虏了文天祥率领的宋军。张弘范请文天祥写信劝降张世杰，文天祥严词拒绝，并留下了著名的诗句："人生自古谁无死，留取丹心照汗青。"张弘范敬佩文天祥的仁义，派人护送他到京师，但文天祥最终仍然被杀殉国。

勉力维持的南宋小朝廷辗转流亡泉州、潮州、惠州，最后逃往广东的厓山。厓山背山面海，形势险要，元军一路追击南宋小朝廷至此，令其退无可退。此时宋军还剩下二十万人和上千艘战船，张世杰决定在这里拼死一战，建一座临时的堡垒，将厓山的入口牢牢封住。

张弘范派人截断了宋军砍柴、取水的道路，宋军士兵既不能煮饭，也没有淡水喝，士兵们只好喝海水，喝进肚里一个个呕吐不止，已无力气打仗。双方相持了二十多天后，元军趁着海水涨潮之机发起总攻。元军战船的船尾上都建有船楼，四面用厚厚的幕布挡住，士兵们背着盾牌藏在幕布下。元军的战船向宋军逼来，宋军不停地往元军的船上射箭，船身射得像刺猬一样。等到双方的战船靠在一起，元军将幕布一撤，士兵们蜂拥着跳上宋军的战船。宋军士兵本来就病弱不堪，再也抵挡不住，终于溃败。

陆秀夫知道大势已去，于是毅然背着小皇帝赵昺投海自杀，士卒们也都跳海殉国。厓山之战最后以元军以少胜多、宋军全军覆灭而告终。元朝最终统一了整个中国，蒙古族也成为古代历史上第一次完全统一中国的北方游牧民族。

败于"神风"

从成吉思汗到忽必烈，蒙古大军在欧亚大陆上纵横驰骋，所向无敌。可面对汹涌大海的时候，他们却遭遇了前所未有的失败。

忽必烈一向羡慕过去中原皇帝万国来朝的盛世局面，希望能跟日本通使。可当时统治日本的镰仓幕府只同南宋来往，连金朝都不大理会，蒙古更是他们闻所未闻的国度。1266年，忽必烈派兵部侍郎黑的、礼部侍郎殷弘带着国书出使日本，镰仓幕府却并不回复国书。后来忽必烈又多次派出使者，却都吃了闭门羹。更让忽必烈感到难堪的是，1275年，礼部侍郎杜世忠出使日本时竟被镰仓幕府杀死，直到五年后才由高丽的水手将死讯传来。

1274年，忽必烈派凤州经略使忻都、高丽军民总管洪茶丘等率兵两万五千进攻日本，结果遭到日本九州武士的顽强抵抗，加上台风影响，只好撤回，第一次东征就这样无功而返。平定南宋之后,他下令让高丽和江南四省加紧督造战船,准备夺取日本全境。1281年,忽必烈召集大军,第二次东征日本。元军兵分两路,一路由忻都、洪茶丘率军四万从合浦出发;一路由南宋降将范文虎率"江南军"十万,乘三千多艘战船从庆元(今浙江宁波)起航,航行七天七夜,到达日本的平户岛。

范文虎是南宋降将,大家都瞧不起他,连南宋原来的将士也不肯听他指挥。这支南宋降军本就由流民和难民构成,没什么战斗力,再加上高丽军的将帅也是各打各的,全军上下几乎毫无士气可言,与日本的战斗也是屡屡受挫。然而,最终打败元军的并非日军,而是老天。这年八月,元军再次遭逢台风,这场超级台风卷来山一样的巨大的波涛,元军为了稳住战船,将它们绑在了一起,结果大部分战船仍被风浪撕裂,无数将士葬身海底。范文虎、忻都等人只管自己逃命,十四万东征大军只回来了五分之一。这场胜利让日本人感到十分欣喜,他们相信是神灵帮助自己击败了元军,于是将这场台风称之为"神风",并形成了崇拜和迷信"神风"的传统。

此后,忽必烈欲从江淮征调漕米百万石运往高丽,准备再一次东征,结果在臣民的集体反对中作罢。忽必

蒙古大军渡海远征日本

烈对东征的执着，并没有影响元朝和日本民间的经济文化交流。日本的商人常常来元朝做贸易，僧人渡海来学禅宗的学说，文人来学士大夫的书画，两国之间来往相当密切。

读史点评

元朝以前，中原王朝的政府对西域、青藏高原和北方草原民族都没有形成有效控制。即使是在盛唐，北方的突厥、西南的吐蕃也只是臣服和藩属。直到元朝在云南设立行省，在西藏设置宣政院后，才终于在这些边疆地区建立了正式的行政管辖。因此元朝的统一，为统一的多民族的国家的建立奠定了坚实的基础。

在元朝，游牧文明和农耕文明进行了激烈的碰撞和交融，蒙古统治者关注的重心逐渐从草原移到了中原。忽必烈在保留部分蒙古旧制的基础上，采用汉法来治理汉地。可见，北方游牧民族凭借军事力量征服了中原，而中原农耕文明的礼乐教化、制度文化也在逐步改变游牧民族，由此推动了民族之间的双向交流与融合。

思考题

以忽必烈推行汉法为代表,蒙古统治者对中原汉文化的学习对元朝的统治产生了怎样的影响?

第三章

疆域广大的帝国

1. 城市与商业

"两都巡幸"

蒙古人过去保留着部落联盟的传统，各部王公一起召开忽里勒台会议，选举大汗、发布命令、决定出征。成吉思汗平日居住和处理政务的地方，称"大斡耳朵"（第一宫帐），可是蒙古国的领地越来越大，大汗又长年征战在外，各地首领要奏报处理事务很不方便。于是窝阔台继位后，定和林为都城。和林地处蒙古高原的中心地带，位置十分重要。窝阔台让人在那里建了一座富丽堂皇的万安宫，殿外有一棵大银树，树下有四只银狮子，狮嘴内各有一根管子，分别流出葡萄酒、马奶、蜂蜜和米酒。对蒙古人来说，这真是前所未有的奢华，但这和后来忽必烈的大都、上都比起来却是小巫见大巫了。

忽必烈过去主持漠南事务，他的驻地在开平，当年他就是凭借地理位置的优势切断了中原各地向阿里不哥供应粮食和物资的通道。但是，他也经常驻在金朝的中都（今北京）进行调度指挥，并在那里最终战胜了阿里不哥。后来，他将开平改称"上都"，中都改称"大都"，都是元朝的都城。

上都城的宫殿和城关都是忽必烈的得力助手刘秉忠主持修建的。他把上都建成了一个规整的正方形，还将汴京的熙春阁拆了，把所有材料运到这里，建起了一座雄伟的大安阁，据研究高度可能达到近七十米。忽必烈的即位大典和其他重要仪式都在这里举行。城东南、西南建有行宫，称"东凉亭"和"西凉亭"，供皇帝游猎时小住。城外的草原中还有宏大的宫帐，供蒙古的王公贵族和大臣居住。上都城高楼耸立入云，帷幕连绵不绝，是一座壮丽的城市。

大都城也是由刘秉忠选址规划的。当时金朝旧城已在战争中损毁，清理掉断壁残垣再建新城实在太费事，于是他就在中都城旧址的东北方重新选址建都。整个工程从1267年开始，花了二十六年才完工，这时刘秉忠已经去世将近二十年了。忽必烈下令征调附近几个州府的百姓前来施工，工程最紧的时候一年用工多达一百五六十万。用心良苦的忽必烈特地派人从漠北移来青草，栽在高大宏伟的皇宫前的石阶下，四周立起栏杆，取名叫"思俭草"。为的是让子孙牢记草原才是他们的家乡，不忘祖宗风餐露宿的淳朴作风，可惜后代的元朝帝王还是很快就变得骄纵起来。

每年春暖草青的时节，忽必烈就率领大队人马浩浩荡荡地从大都出发前往上都。他自己乘坐华丽的象辇，随行的有后宫家眷、文武百官以及大队的护卫随从。他们在上都度过整个夏天，避暑纳凉，纵马打猎，接见各部蒙古宗亲，召开忽里勒台会议，举行传统的祭礼和节日。秋凉之时，他们又会折返大都。通过这样的"两都巡幸"，忽必烈把辽阔的草原和富饶的中原大地牢牢地抓在手中。这个传统也被后来的元朝皇帝继承了下来。

城市成为商人的舞台

作为全国的政治中心，大都的工商业和城市生活非常繁荣。为了增加大都的人口，忽必烈下令，在城内划出一块块住宅地，每块八亩，让贵族、官员和有钱的富户们建房居住。据当时的统计，大都共有居民十万户，人口达四五十万，再加上各地来办事的官吏使臣、做贸易的商人、谋生的工匠、游学的士子等等，城内每天都密密麻麻地聚集着各行各业的人口，还有一些外国人。

城内分五十坊，街道建造得笔直而宽阔，人们站在街的这一头，抬眼就能看见另一头。城中整齐排列着二十多条东西走向的胡同，以及三百多条更窄、更密的火巷。街巷中分布着各行各业的交易市场，卖食品生鲜的，就有米市、面市、鹅鸭市、猪市、鱼市、蒸饼市等等，分工非常细致。全国各地的丝绸、珠宝、金银玉器乃至塞外的马匹应有尽有，没有买不到的。光是运进城内的丝织品每天就多达上千车。

大都之外，南方的杭州、苏州、广州、泉州、扬州、镇江等地也都是相当繁华的大都市，"上有天堂，下有苏杭"的说法就是这时出现的。这些地方人口稠密，湖泊、河流交错，大小商船、货船来回穿梭。很多工厂和作坊规模较大，需要雇工人干活。来自意大利的旅行家马可·波罗目睹后，曾颇为惊讶地说："工厂的主人和他的家属都不劳动，过着像国王一样奢侈的生活。"

传统的中原王朝以农为本，将商人列在"士农工商"的最末一位，元朝却对商业相当重视。蒙古人到处征战，

多民族交流聚居的大都城

抢来大量的财富却不善经营，于是他们就让西域商人帮他们运作，将其称为"斡脱"。很多斡脱专门放高利贷，每年在生羊羔的时节收"羊羔息"，利率每年有一倍之多。如果欠债的人还不了，就要连本带息再加一倍，变成本金的四倍，许多借贷的百姓也因此倾家荡产。

斡脱在元朝势力很大，政府专门设立了斡脱总管府、斡脱所。因此元朝人纷纷经商，很多人发了财，家里有几百名仆人、丫鬟可供使唤。还有人为了经商，连官也不做了。比如元朝初年有一个管理盐务的官员叫姚仲实，他弃官从商，用十年的时间挣下偌大的产业，还攀上了皇室的关系，这是一般的读书人、农民、工匠甚至官员也无法想象的。

贪财的阿合马

李璮叛乱后，王文统等一干大臣被杀，忽必烈不再信任汉臣，而刘秉忠等其他汉臣不是死了就是老了，也逐渐退出了权力的中枢。当时有个叫作阿合马的色目人，生于花剌子模，据传是个斡脱商人。后来他投身于蒙古弘吉剌部，这个部落济宁忠武王的女儿察必嫁给了忽必烈，还做了皇后，阿合马便也跟着来了。他能言善辩，察必对他很亲近，忽必烈因此也常见到他，并且很赏识他的才干。于是阿合马一路青云直上，成了当朝宰辅，主管新设立的尚书省。

阿合马设置了各路转运使，负责征收盐、酒、醋等方面的财税，后来权力渐渐扩大到冶铁、工匠、渔猎等各个行业，几乎把整个元朝的财税都掌握在了自己手里。他禁止民间售卖盐和药材，而是由官府专卖，牟取大量的钱财。他又让官府出面冶铁铸造农具，让农民用粮食来换。官府造的东西质量差、价钱贵，老百姓并没有从中受惠。南宋灭亡后，朝廷要派很多人到南方做官，阿合马甚至公开贩卖当地的官职。阿合马为朝廷捞了这么多钱，忽必烈对此很满意，一味地纵容他。阿合马想任用什么人，连吏部、中书省都无权过问，于是他就把自己的亲属全都安排在重要的位置上。

当时的汉臣觉得阿合马只贪钱财，不讲仁义，纷纷抗议。崇尚儒术的皇太子真金也痛恨阿合马，站出来公开反对他，还曾用弓打破他的脸。可是阿合马总能得到忽必烈的袒护，真金无法阻挡他的擅权乱政。后来有人趁忽必烈和真金都在上都，假称真金要回大都做法事，叫阿合马迎接。阿合马一向惧怕真金，不敢不去，结果有人从袖子里掏出一柄铜锤，将他当场打死。大都人听到这个喜讯，纷纷饮酒庆贺，城中的酒连续三天都被卖光了。

2. 打通四方道路

重启南北大动脉

当初隋炀帝费尽力气开通，却也因此葬送国家、断送性命的那条大运河，后来却成了南北水路运输的重要通道。但是在经历了五代十国分裂和宋金对峙后，隋朝大运河有些地方因泥沙淤积无法通航。于是南北之间的漕运只好靠陆路运输，但动用民夫车马去运粮费用很高，百姓负担也很重。

忽必烈统一中国之后，打算重新疏通大运河，将南方的稻米和丝绸经水路运送到北方。他派人在今天山东西部开通了济州河，但由于河道较高、水源不足，大型航船无法通行。1289年，忽必烈又采纳寿张县尹韩仲晖等人的建议，征用民夫三万人，由官府出钱、出粮作为工钱，在山东开凿运河。只用半年就修通了从须城县（今山东东平）到临清县的会通河，全长两百多里，沿途设有三十一道闸门。至此，连接大都与江南地区的运河终于贯通，成为南北交流的一条大动脉。

1291年，为保证物资供应，忽必烈在大科学家郭守敬的建议下，动用士兵、工匠、水手和囚犯、奴隶等共两万多人，新开凿了一条从大都到通州的"通惠河"，全长一百六十多里。郭守敬勘查水道，指定在某个地方修建船闸。人们在他指示的地方挖土方，总是能挖出大量的砖石，证明过去的船闸也修在这里，位置不偏不倚。郭守敬总能精准地选定修闸的位置，人们都很佩服他的学识和眼光。此外，为了提高工匠们的积极性，忽必烈还下令，各级官员都要亲自拿着铲子、箕畚（běn）去铲土、运土，连丞相都不例外。因此整个工程非常顺利，1292年春开工，第二年秋天就完工了。通惠河建成后，来自南方的船可直达大都城内的积水潭，积水潭也成了繁华的码头，很是热闹。

从此，这条纵贯中国南北的大运河全线贯通，南起杭州，北通大都，而且南北取直，不再绕远，总路程比隋代的大运河缩短了九百公里，十分便捷。它解决了粮食的运输问题，加强了南北方经济的交流，也是今天京杭大运河的前身。

开辟海上漕运之路

运河之外，元朝还开辟了海路运输通道，这是丞相伯颜建议的。伯颜平定南宋时，曾让朱清、张瑄押运南宋国库里的书籍、钱粮和各种宝物，从崇明岛入海，北上直沽（今天津），然后再到大都。可是在会通河和通惠河贯通之前，运河一直使用不畅，伯颜想起当年利用海运的事，就建议忽必烈尝试通过海道运粮。

朱清、张瑄本是海盗出身，过去常跟南宋官兵周旋，遇到大队官兵搜捕，他们就开船入海，往山东一带沿海地区躲藏。等到官兵不耐烦了放弃搜捕，他们再从海路南下。这样来来回回折腾了十五六次之后，两个人对海上的路线已经了如指掌。朱清、张瑄二人的航行经验派上了用场，1282年他们一接到朝廷的命令，就制造了六十艘平底海船，运送四万六千石粮食从长江口向北驶去。

开辟海上漕运之路

这条航路长达一万三千三百五十里，沿途浅滩也比较多，船队行进缓慢，直到第二年才到达北上的终点直沽。但这次航行证明了从海路运送粮食是可行的，朱清、张瑄一路上记下沿途的山石、岛屿和浅海的位置，希望探出一条最方便、最安全的航路。两年后，朱、张二人再次起航，押解十万石粮食北上，进一步降低了损耗，成功开辟了一条顺风时半个月就能走完全程的航道。

航路探明后，运粮就变得方便多了。忽必烈专门让朱、张率领官员和大批船户从海上运粮。他们的海船最初有九百余艘，后来数量增加了一倍，一艘小船能装两三千石粮食，大的能装八九千石。海上风涛无定，有时难免会翻船，让人搭上性命。可海运的费用比运河节省一大半，比陆路就更加便宜了，而且船户往往会借运粮的机会带一些私货去贩卖，能赚大把银子。因此元朝大规模使用海路运输粮食，多的时候一年能运三百多万石。

此外，海上漕运之路的开辟对南北沟通、商业发展、城市繁荣以及造船业的发展和航海技术的进步都起到了重大作用。

贸易连起世界

除了国内南北方之间的交流，元朝的对外交通也比过去更加安全便捷。蒙古人西征并建立了各个汗国后，横跨欧、亚两洲的"丝绸之路"不再像从前那样国家林立、壁垒森严。当时人们可以穿过新疆、康里和钦察草原，由钦察汗国的都城萨莱向西进入俄罗斯和东欧，或穿越黑海到达君士坦丁堡，或越过高加索到达小亚细亚，也可以经过不同的道路到达伊朗。

海上的对外交通也十分发达。当时比较大的海船有三帆到十二帆不等，上下四层，能坐一千人。人们乘坐海船，从杭州到日本，顺风的话七天就可以到达；从温州到占城，二十五天可以到达；从云南到天方（麦加），大概要一年的时间。人们从中国运出瓷器、丝绸和手工艺品，从海外进口象牙、珍珠、香料、布匹，商贸十分繁荣。

为了有效管理海外贸易，元朝在泉州、上海、温州、广州、杭州等处设立了市舶司，管理进出海的中外货船，并收取赋税。政府还推出了"官船官本"的办法，就是由政府出船、出本钱，招募合适的商人出洋贸易，所得到的盈利，官府得七成，商人得三成。有一位名叫杨枢的嘉兴商人，就是用这种方式往来于伊利汗国和元朝之间的。

1301年，年仅十九岁的杨枢驾着"官本船"下西洋，正好遇上伊利汗国派使者那怀去元朝的大都朝贡，便带着他们一起回国了。那怀完成使命后，向朝廷请求让杨枢护送自己回国。丞相哈剌哈孙答应了他的要求，任命杨枢为海运副千户。他们1304年从元朝出发，直到1307年才最终返回伊利汗国。使臣这几年的食物、用度，都是由杨枢出的。

杨枢航行于海上各国之间，低价购进一处的货物，再运到另一个地方高价卖出，赚到大量的钱财，几个使者的用度当然不在话下，不少西域商人也通过海上贸易成了巨富。泉州、广州等地因海上贸易的发展而日益繁荣，太仓则成为新兴港口，被称为"六国码头"。

3. 马可·波罗到中国

与欧洲的交流

拔都、旭烈兀西征时，西欧人曾幸灾乐祸地希望蒙古人跟伊斯兰国家两败俱伤，好让世界上只有基督教这一个宗教存在，然而西征的结果却使他们见识了东方的可怕力量。1245年，教皇英诺森四世召开宗教大会时，提出东方的"鞑靼问题"很值得关注，因此派教士柏朗加宾等人出使蒙古，侦察此地的政治、军事详情，如果有可能的话，还希望让蒙古和他们联手绞杀伊斯兰国家，甚至劝说蒙古人信奉天主教。

柏朗加宾在蒙古人的带领下穿越辽阔的钦察和康里草原，经过新疆进入蒙古高原，如此漫长的旅程是他做梦都想不到的。当他来到和林时，正赶上贵由在忽里勒台大会上被选举为蒙古大汗。这对柏朗加宾来说，显然是个搞好双方关系的好机会，但大汗的态度却令他无比沮丧。贵由傲慢地回信给教皇说："你作为西方君主的首领，应该立即亲自前来侍奉我，并听从我的命令。否则，我将把你看作敌人，后果将非常严重。"

法兰西国王路易指挥十字军东征的时候，也曾派使臣安德鲁觐见过海迷失皇后，后来又派鲁不鲁乞觐见过蒙哥大汗。由于东西方的大人物互相之间完全不了解、不尊重，这些活动的政治目的基本失败了，但欧洲人却知道了关于中国和蒙古人的许多信息。比如鲁不鲁乞的报告称中国为"契丹"，说："契丹通行的钱是一张棉纸，长宽各一掌。他们在这张纸上印有条纹，与蒙哥汗印玺上的条纹相同；他们用一把刷子在一个方块中写几个字母，这就成了一个字。"这是西方人对中国交钞、毛笔和汉字的介绍。

元代的畏兀儿人列边·骚拿也曾代表伊利汗阿鲁浑出使欧洲，见过法国国王腓力四世、英国国王爱德华一世和教皇尼古拉斯四世等。自唐朝全盛时期以来，历经唐末五代的分裂和两宋与辽、金的并立，直到元朝才又一次作为疆域辽阔的统一王朝，将自身的影响力传播到海外。中国与中亚、西亚乃至欧洲之间的物质文化交流，在元代进入了一个繁盛的时期，中国的印刷术、指南针、火药三大发明都是在这一时期传入西方的。

十七年东方之旅

忽必烈即位后，曾接见过不少欧洲人，并按波斯人的习惯称他们为"发郎人"，其中对中欧文化交流影响最大的还是马可·波罗。

马可·波罗的父亲尼科洛和叔叔马泰奥是威尼斯商人，他们于1260年到钦察汗国和不花剌做生意，正好碰上旭烈兀派往元朝的使者，邀请兄弟二人同行。他们一年后才到达元大都，忽必烈对远道而来的威尼斯商人很感兴趣，向他们打听教皇、教会和罗马的事情以及当地人的风俗习惯等，并派兄弟二人回国给教皇送信，在信中邀请教皇派精通各种学问的人来元朝传播西方文化。

尼科洛和马泰奥回国后，小马可·波罗整天缠着他们讲旅行故事。他对这些东方故事很感兴趣，因此下定决心去元朝看看。1271年，十八岁的马可·波罗跟随父亲、叔叔以及两名使者，带着教皇的复信和礼品一起前往元朝。1275年的夏天，一行人历经种种波折，终于到达了元朝上都。尼科洛和马泰奥向忽必烈呈上了教皇的信件和礼物，并向大汗介绍了马可·波罗。忽必烈很喜欢这个意大利少年，邀他与自己同返大都，还留他在元

"丝绸之路"上的旅行家马可·波罗

朝担任官职。马可·波罗聪明伶俐，很快就学会了蒙古语和汉语，多次被派到云南、占城、印度等地巡察。他每到一处，都会详细考察当地的风土人情，回大都后便详细说给忽必烈听。其间，马可·波罗还在扬州做过三年官，记录了许多江南一带的经济状况和社会风貌。

马可·波罗在元朝一待就是十七年，思乡之情愈发浓烈，尼科洛和马泰奥也已经老了，想回意大利，可是忽必烈却不大愿意放他们走。1292年春天，他们趁着受忽必烈委托，走海路护送蒙古公主阔阔真去伊利汗国成婚的机会，提出了回国的请求。忽必烈终于答应了他们的请求。三人在完成任务后，终于在1295年年末漂洋过海，回到了阔别二十多年的威尼斯。

西方人眼中的东方国度

马可·波罗回国的消息传遍了整个威尼斯，人们对他们的东方见闻都很感兴趣。然而，1298年，他参加了威尼斯和热那亚的战争，不幸战败被俘。在监狱里，马可·波罗遇见了身为作家的狱友鲁思蒂谦，向他谈起了自己在东方的经历和见闻。于是鲁思蒂谦便将这些口述出来的故事整理成一部书，这就是《马可·波罗游记》。

　　书中叙述了马可·波罗和父亲、叔叔途经地中海、欧亚大陆和游历中国的经过。全书分四卷，第一卷记载了东游至上都的沿途见闻，第二卷介绍了元朝的政治、军事等各种情况。马可·波罗对忽必烈尤为崇敬，用很大篇幅记载了与忽必烈相关的各种事情，包括他的相貌、皇后、皇子、宫廷、打猎、生日庆祝活动等等，说他是人类诞生以来在土地、人口和财物方面都无与伦比的强大君主。此外，他在这一卷里也介绍了中国许多城市的情况，如大都、济南、汴京、扬州、苏州、杭州等，充满热情地记述了中国无穷无尽的财富。他将杭州称为"世界最富丽名贵之城"，将南宋宫殿称为"世界最大之宫"，宫中"全饰以金，其天花板及四壁，除金色外无他色，灿烂华丽"。第三卷和第四卷则分别写到了日本、印度等国的相关情况，以及成吉思汗后裔的征战，等等。

　　《马可·波罗游记》有些内容不免有夸大或错误，对它的争议也从未停止过。有人认为书中所述之事可能只是马可·波罗的道听途说，加上书中甚至完全没有提到大运河和长城，也没有提到中国人常用的汉字和茶等，以至于有不少人怀疑马可·波罗可能并没有到过中国。

但是书中有很多具体细节,没有亲自到过中国的人不可能写出来。书中提到随使臣送阔阔真到伊利汗国的事,后来也被历史学家证实。

总之,这部游记增进了东西方文化的交流,为欧洲人提供了关于中国和广大东方区域的丰富知识。14至15世纪的人还根据书中资料绘制了最早的世界地图。著名的航海家哥伦布从小就细心地读过这部书,由此产生了航行世界的热情。

读史点评

　　元代以前的两宋与辽、金、西夏等政权并立，相互之间的敌对态势影响了经济文化方面的交流。元朝统一中国后，大都城的营建和漕运的畅通，促进了南北经济、文化的交流。元朝与四大汗国有驿路相连，交通便利，政治、经济、文化的交流更加频繁，欧亚大陆上的不同国家、民族的商人来华贸易，瓷器、丝绸和茶叶成为中国文化的重要符号，远销世界各地。然而，到了元朝中后期，社会的贫富差距越来越大，而统治者只关心自己的利益，仍不断变化手段去搜刮民财，最终激化了社会矛盾，引起民众的反抗。

思考题

以马可·波罗为代表的"丝绸之路"上的旅行家和商人，成为沟通东西方文化的使者，他们对于中西之间的交流产生了哪些影响？

第四章

元帝国的落幕

1. 围绕皇位的争斗

忽必烈身后事

忽必烈在位三十五年，地位非常稳固，无人敢挑战。可是他死后，那些权势很大的后妃、王公和文臣武将全都成了没人敢惹的大人物，争权夺利是家常便饭。再加上蒙古人一向靠忽里勒台会议决定大事，大家各说各的，像皇位传承这样的大事也无定数，导致三十八年里换了九个皇帝，宫廷政变一场接着一场，政局很不稳定。

忽必烈的太子真金从小饱受汉文化熏陶，以他为首的主张汉法的一派与胡人权臣阿合马一派长期明争暗斗。一次有人上书忽必烈，请他把皇位禅让给太子真金。尽管当时阿合马已经被刺杀，但他的余党抓住这个机会挑拨离间，让忽必烈怀疑太子对他不忠。太子真金因为此事忧惧成疾，没多久就病死了。此后忽必烈选了真金的儿子铁穆耳当继承人，也就是后来的元成宗。成宗是个守成之主，基本上沿袭了忽必烈时的制度，重用色目人，汉人和南人比较受限制。

成宗改变了成吉思汗以来穷兵黩武的好战政策，即位后就停止了对安南的战争，又拒绝了大臣们关于向日本用兵的建议，派僧人宁一山出使日本，使两国修好。更重要的是，他还平定了西北长期未解决的海都之乱。当初拖雷的儿子蒙哥、忽必烈先后当了大汗，窝阔台的孙子海都一直不服气，他几次发动叛乱都不敌忽必烈，但忽必烈也没能消灭他。成宗继位后，海都纠合窝阔台汗国和察合台汗国的大军攻打元朝，成宗派侄子海山迎战。海都因伤病而死，窝阔台汗国一半被元朝夺取，一半被察合台汗国吞并。蒙古王公这时已经互相打了几十年，死人无数，对元朝和各国都没好处，于是大家决定从此休战，向元朝进贡。

可是成宗酗酒成性，四十几岁时就死了。他的儿子也死得早，没有继承人。于是左丞相阿忽台串通皇后卜鲁罕，想推举成宗的堂弟安西王阿难答继位。右丞相哈剌哈孙认为这不合祖制，派人去迎接成宗的两个侄子海山和爱育黎拔力八达回大都，阻止阿难答继承皇位。

海山在西北的战争中立下大功,而且手握重兵,是哈剌哈孙最为属意的皇位继承人。可他当时远在漠北,一时难以回朝,他的弟弟爱育黎拔力八达率先回到了大都。阿难答打算在生日宴席上杀掉爱育黎拔力八达,爱育黎拔力八达与哈剌哈孙则提前一天起事,将阿难答等人一网打尽。大臣们劝爱育黎拔力八达登基,爱育黎拔力八达却说:"我的兄长海山在外戍边,我怎能逾越兄长自己称帝呢?"于是他自任监国,迎接海山南下。

先后继位的两兄弟

得知成宗死讯的海山从前线返回哈拉和林,他拒绝了众人劝他称帝的建议,表示要等到宗亲大臣到齐后召开忽里台勒大会再即位。皇太后答己却认为,如果孝顺的爱育黎拔力八达做了皇帝,会比海山更容易控制,于是假托巫师的话,说海山继位后运祚不长,派人告知海山。海山埋怨说:"如果我当皇帝后,做法合乎天意民心,那么即便只当一天皇帝也能名垂千古,怎么能因为巫师的话就让我放弃呢?"于是便率部下分三路向南进发。

面对海山强大兵力的威慑,答己和群臣被迫改变主意，表示愿意拥戴海山。海山这才放心地在上都继承皇位，就是元武宗。为了酬谢弟弟的巨大功劳，海山封他为皇太子。爱育黎拔力八达则表示，自己死后会把皇位传给武宗的儿子。

忽必烈死后给成宗留下了大量的钱财。成宗为了笼络蒙古诸王和功臣，经常给他们丰厚的赏赐，一年的时间就把国库花光了，国家每年的赋税也不够他们挥霍。武宗继位后，更是变本加厉地花钱，国库不够用，他就卖盐引、借钞本，破坏了国家管理盐业和财政的制度。他发行新的纸币至大银钞，规定一两新钞值忽必烈时发行的至元钞五贯，另外一种中统钞则干脆停用。老百姓费尽力气挣的钱就这样突然遭到贬值，或者干脆不能用了，简直是飞来横祸！武宗长期酗酒，做了五年皇帝就死了。皇位由爱育黎拔力八达继承，这就是元仁宗。

仁宗一即位，就纠正了武宗的做法，废止至大银钞和铸币。他还裁减官员，停掉了武宗时的许多工程。这么一来，财政上的危机总算有所缓解。此外，仁宗积极推行"汉法"，下令将《大学衍义》《资治通鉴》等书全部译为蒙古语，赐给蒙古、色目官员诵读，还从1314年起重新实行科举制度。对于读书人而言这可是件大好事，元朝统治中原这么多年以来，他们终于有出人头地的机会了。

南坡之变

按照和武宗的约定，仁宗应立武宗的儿子和世㻋（là）为太子。但在太后答己的怂恿下，仁宗食言了。他将和世㻋封为周王，另立自己的儿子硕德八剌为太子。和世㻋不服，起兵造反，由于部下内讧而失败，之后逃往察合台汗国。1320年仁宗去世，硕德八剌做了皇帝，就是元英宗。

答己支持英宗继位，是因为她觉得英宗年纪小，性格柔懦好控制。没想到英宗即位后，马上就变得刚毅果决，根本不听答己的。他重用拜住，疏远答己的宠臣帖木迭儿，大幅削减给王公、勋臣们的赏赐。英宗从小受儒家教育，不喜欢伊斯兰教，就停掉了回回国子监。这样一来，蒙古王公和信伊斯兰教的色目人大臣们都对英宗不满。答己也很后悔，说："没想到我扶起了这么个小子！"帖木迭儿于是联合中书左丞相阿散、中书平章政事黑驴等人，准备发动政变。不想英宗提前知道消息，将一干人全部抓了起来。

答己和帖木迭儿从此失势，先后死去，可是他们的余党仍然有很大势力。1323年八月，英宗从上都返回大都，驻扎在南坡。御史大夫铁失、知枢密院事也先帖木儿、大司农失秃儿等人勾结蒙古诸王按梯不花、孛罗、月鲁铁木儿等联合发动政变，趁晚上英宗熟睡时，闯入大帐将他杀死，史称"南坡之变"。之后，铁失等人拥戴晋王也孙铁木儿为帝，改元泰定。泰定帝在位期间，宠信喇嘛，乱赏滥赐，公开卖官。1328年，他因酒色过度在上都暴毙，时年三十六岁。其后，九岁的皇太子阿速吉八在上都即位，年号"天顺"。

当时权臣燕铁木儿留守大都，他过去很受武宗宠信，对武宗之子没能继位一事耿耿于怀。如今泰定帝死了，正是天赐良机。由于武宗的长子和世㻋的封地距离太远，燕铁木儿就派人去江陵迎接武宗的另一个儿子怀王图帖睦尔，对他说："如果您不赶快即位，等上都那边立的太子赢得了人心，到时就来不及了。"图帖睦尔于是登基称帝，就是元文宗。

这样一来，就出现了上都、大都两个皇帝同时并立的局面。大都一方很快击败了上都一方的君臣，天顺帝阿速吉八被废掉。图帖睦尔表示应该让位给自己的兄长和世㻋，于是和世㻋继位，就是元明宗。可明宗一味只任用自己的亲信大臣，图帖睦尔和燕铁木儿都受到冷落。在一次宴会之后，明宗突然死去。据说是燕铁木儿下了毒，而图帖睦尔多半也知情。图帖睦尔再一次登上皇位，燕铁木儿也重掌大权。文宗为了报答燕铁木儿帮助自己登基的大功，命令大臣们将一切政事都向燕铁木儿汇报。燕铁木儿更加权势熏天，一时间简直成了代理皇帝。

2. 衰亡之路

权臣当政

文宗当了五年皇帝，二十九岁时去世。他对明宗的死很内疚，遗命让明宗的儿子继位。于是，燕铁木儿便扶明宗的小儿子懿璘质班即位，这就是元宁宗。宁宗年仅七岁，容易控制，可他即位后仅四十三天就死了。燕铁木儿又想立文宗的次子燕帖古思为帝，可文宗的皇后卜答失里却支持明宗的长子妥懽（huān）帖睦尔。燕铁木儿虽不愿意，可他没过多久就死了。于是妥懽帖睦尔继位，他就是元顺帝。顺帝在位三十六年，是元朝在位时间最长的皇帝。

顺帝是在文宗和卜答失里的支持下即位的，可他坚信明宗是被文宗害死的，因此心中并不感激。坐稳皇位后，他立即将文宗的牌位从太庙里撤去，把卜答失里赶去了东安州。燕帖古思当了几年太子，也被贬到了高丽，在北行途中惨遭杀害。然而燕铁木儿虽然已死，他的家族仍旧把持朝政。顺帝无力铲除他们的势力，只能被迫任命燕铁木儿的弟弟撒敦做左丞相、儿子唐其势做御史大夫，立他的女儿伯牙吾氏为皇后。

元朝后期权臣当政的局面至此并未结束，燕铁木儿家族的势力最终不是被皇帝消灭，而是被一位新的权臣取而代之，他就是伯颜（？—1340）。伯颜过去的位置仅次于燕铁木儿，现在燕铁木儿死了，秦王和中书右丞相的位置便落到了伯颜手上，由他主持朝政要务。燕铁木儿之子唐其势对此感到十分不满，愤然说："天下本是我们一家的，如今伯颜怎么踩到我们头上来了？"于是，他纠集燕铁木儿家族的势力造反，想要换掉顺帝。伯颜正好借此机会将燕铁木儿一家一网打尽，先是捕杀了唐其势及其弟塔剌海，又将皇后伯牙吾氏逐出宫毒死。

凭借消灭燕铁木儿势力的大功,伯颜开始大权独揽,比燕铁木儿当年还要跋扈。全国各地的赋税多半都进了他家,各省、台、院的官员也大都出自他的门下。天下人只知有伯颜,不知有皇帝。伯颜看不起通过科举考试做官的人,跟顺帝说:"我以前有个牵马的下人也去参加科举,考中之后就不肯回来。这样的人都能中科举,要科举还有什么用呢?"于是,他便停掉了科举考试。

权臣专政之下的朝廷统治越来越腐败,百姓纷纷起来反抗。伯颜对汉人十分敌视,不仅下令汉人不许持有兵器,甚至要顺帝杀掉张、王、刘、李、赵五姓的汉人,因为这几个姓是汉人中的大姓,杀光了他们,汉人就少了一小半。这个建议既荒唐又残暴,元顺帝觉得太不像话,就没有同意。伯颜的做法进一步激化了汉人与朝廷之间的矛盾,为反元大起义的爆发埋下了隐患。

脱脱的振兴之举

伯颜为了控制顺帝,让侄子脱脱掌管御林军。可是脱脱觉得,伯父这么胡作非为终究不得人心,难免有一天惹出灭门之祸,因此暗中向顺帝效忠。于是顺帝趁着伯颜出去打猎的机会，突然下旨贬他为河南行省左丞相。伯颜想回京质问，却被脱脱拦在城门外。伯颜就这样成了光杆司令，只好乖乖离京，后来死在了远徙南恩州的路上。

　　脱脱担任中书右丞相后，采取一系列手段缓和社会矛盾、稳定时局。首先，他重兴科举，这么一来，读书人便有了一条应试、做官的路子，不大愿意起来造反了。他还扩大国子监的名额，收入蒙古、色目和汉人的监生达三千多人，又选儒臣欧阳玄、李好文、黄溍、许有壬等陪着顺帝读儒家的"四书五经"。此外，元朝建国几十年，皇帝换了好多位，却从未按照中原王朝的惯例，修成一部总结成败得失的史书。于是脱脱便自任都总裁官，任命几位有学问的朝廷大员做总裁官，开始主持编写史书，花了几年时间，修成《宋史》《辽史》《金史》三史。为宋、辽、金三朝分别修一部正史，便解决了"哪一方才是正统"的争论，修史的背后也体现了民族交融的历史进程。脱脱还废除了伯颜禁止汉人和南人养马、带铁器的律令，减轻盐税、赋税，老百姓总算能喘口气了。

　　然而，脱脱的振兴之举只是稍微缓解了危局，无法从根本上解决元朝的积弊。元顺帝宠信喇嘛，恣意淫乐，无心政事，沉迷于机械制作，有"鲁班天子"之称。他亲自设计图样造出的龙舟和计时用的漏壶都精巧无比。可是这些东西再好，也解决不了黄河的水灾、财政的匮乏。因此脱脱与大臣们商议，决定开河、变钞——正是这两件事，让元朝最终走上了衰亡之路。

变钞惹大祸

元朝的财政支出一向极为浩大。皇室成员穷奢极侈，元文宗的皇后每天要花费钞十万锭、帛五万匹、绵五千斤，元顺帝则在国家危机日益严重时，依然大兴土木建造楼台馆所。此外，朝廷机构膨胀也让薪饷、俸禄支出不断增加。元朝皇帝们花在建寺院、做法事上的钱财和土地也很惊人，喇嘛们过得比王公大臣们还要阔气。

忽必烈在位时，对蒙古王公和功臣的赏赐并不多，常被嫌弃小气。而成宗赏赐给蒙古王公的黄金、白银数额都是过去的几倍。结果他即位才一年，国库就被花了个精光。之后的皇帝也是靠王公们的支持才登上宝座，需要赏赐他们以表示酬谢，也要用钱去拉拢那些不支持自己的王公。这些开销全都成了财政的沉重负担。

朝廷的钱不够花了该怎么办？最简单的办法就是增加税收，当时光盐税就增加了好多倍。这无异于从老百姓手中抢钱，很容易激起人民的反抗。于是元朝统治者就转而采用大量发行纸币的方法。纸币本身并不值钱，是政府用自己的信誉担保，让它代替金银和铜钱在社会上流通的。因此，没有钱却又需要大把花钱的元朝廷便开始多印纸币。然而，纸币的滥发带来的是巨额的通货膨胀，贬值的纸币在市场上已经完全失去了信誉，还出现了假币。

1350年，脱脱为解决财政不足、假币泛滥的现状，决定变更钞法，印造"至正交钞"，就是用旧的中统交钞，加盖"至正交钞"的印章，同时发行"至正通宝钱"，跟旧币一起流通。他希望以这些措施解决旧的钞币发行泛滥、不断贬值的弊端，让新钞成为百姓信任的良币。有的大臣表示反对，国子监祭酒吕思诚就说："钱是铜做的，老百姓都愿意要；交钞是纸做的，面额又大，老百姓用起来不方便，不太肯要。而且新钞刚发行，人们不熟悉，坏人造假钞更容易，老百姓会受更大的损失。"可吕思诚虽然反对变钞，却也拿不出其他办法来解决财政问题，于是他被远远地调到湖广做官，其他人也就不敢再反对新钞法了。

新钞印出来了,朝廷用它来支付薪饷、采办货物,越来越多的钱涌向市场。可是市面上的货物还是那么多,结果就是货物越来越贵,而钱却越来越不值钱,老百姓花十锭纸钞买不到一斗粮食,谁收了钱都会觉得吃亏,后来干脆以物换物。很多人舍不得吃、舍不得穿,辛辛苦苦攒下了一些钱,现在钱却贬值了,以前的勤俭、辛苦都白费了。至于本来就没什么钱的穷人,更是变得一贫如洗,只好卖田卖地、卖儿卖女,悲惨极了。

3. 天下动荡

"挑动黄河天下反"

黄河是中华民族的母亲河,但它却也在滋润大地、哺育人民的同时,数次发生决口,淹没河两岸的居民和庄稼,造成了严重灾害。

1344年夏天,连续下了二十多天大雨,黄河的水疯狂地涨起来,中下游的几个省都受了水灾,百姓苦不堪言。紧接着，第二年又发生了旱灾，农民种了粮食却看不到收成，加上瘟疫蔓延，灾区人口死了将近一半，活下来的人也没有粮食吃。对此，元朝的官员们感到非常着急。他们一方面担心百姓造反，另一方面担心水患之后运河不通航，盐场无法产盐。这样南方的粮食就无法北运，朝廷也征不到盐税，财政收入将减少八成，后果不堪设想。

当时主管都水监的官员贾鲁经过考察，提出必须马上治理黄河，方案有两种：一是重新修建北堤，避免黄河大决口，这个办法省事，但是治标不治本；二是重新开凿一条河道，把黄河水引向旧河道，经徐州向东流入大海，这样做很费力，但是办成后效果会好得多。而且不管是开河还是修堤都要使用大量民工，把灾民征调过来当河工，让他们有钱赚、有粮吃，也能避免造反。这样既能治河，又能保证运河和盐场的安全，还能以工代赈，避免大规模的农民起义，简直是一举数得！因此脱脱极力赞成，并决定采取后一种方案，也就是开河。

于是贾鲁担任工部尚书、总治河防使，征发黄河两岸的十五万灾民，开凿出一条近三百里长的新河道。贾鲁亲自指挥，河道深浅不一的地方就把它修平，河道淤塞的地方就把它疏通，河堤薄弱的地方就把它加固，工程非常浩大。山东曹县的黄陵冈大堤决口了，贾鲁便派人用二十七艘大船，在里面装上石头，依次将船底凿穿。整只船全都沉了下去，石头快速地越积越多。当时水势很急，河水像发了狂一样咆哮，旁观的人吓得浑身发抖。可是贾鲁沉着指挥，建了一座牢固的"石船堤"，堵住了决口。这次治河工程从四月动工，十一月结束，改变了黄河下游的走向，是我国治理黄河的一次壮举。

但是十几万灾民刚刚经历了饥饿与死亡的威胁，现在又在短短几个月的时间内完成了如此浩大的工程，其艰辛程度是可想而知的。为了防止他们闹事、逃走，朝廷专门调拨两万军队负责看管他们。而他们应得的食物和工钱，却被贪官污吏层层盘剥，到手时已经所剩无几。他们吃不饱、穿不暖，还要在棍棒和皮鞭下苦苦挣扎、疲于奔命，心中的悲苦和怨恨别提有多深了。

当时白莲教的首领韩山童觉得这是起事的好时机，便事先在黄陵冈工地埋下了一尊一只眼的石雕，编造出"石人一只眼，挑动黄河天下反"的民谣四处传播。在这里施工的河工没多久便把石雕挖了出来，和歌谣一对照，都认为此时便是天注定的反元时机，韩山童等人便趁势揭竿而起，揭开了元末农民起义的帷幕。

白莲教得人心

忽必烈在位时期，就经常有农民起义发生，成宗到顺帝年间更是一直不断。起义的既有汉人、南人，也有其他少数民族，规模大的人数甚至超过十万。顺帝时开河、变钞两件大事，给黄河流域乃至全国人民都带来了深重灾难，要将这么多人发动、组织起来推翻大元朝并非易事，可白莲教却做到了。

白莲教起源于佛教的净土宗，他们讲究念"阿弥陀佛"，像和尚一样守戒律，不杀生、不喝酒，只是可以正常结婚。当时类似的宗教还有摩尼教（又称"明教"）、弥勒教等，摩尼教徒供奉"明尊"，弥勒教的人则相信弥勒佛将会降世，为世界带来安乐、慈爱、富庶的生活。各教派虽然有一些区别，但是教徒们都穿白衣，宣讲的教义也很相近，因此在老百姓眼里都差不多。只不过白莲教徒允许婚娶，更容易让老百姓接受，流传得也广。历朝官府都对他们的存在十分警惕，一再查禁、打压。但随着元朝民族矛盾、社会矛盾的激化，教徒起义仍是如雨后春笋般出现，像江西的和尚彭莹玉，就通过劝人念佛、给人治病等方式，聚起了五千多人，每个人的背心上都写有"佛"字，据说这样就能刀枪不入。他们虽然被元朝的军队打败了，韩山童、刘福通等却又发起了更大规模的起义。

群雄并起抗大元

韩山童是河北人，家里世代信奉白莲教。他的祖父韩学究就是白莲教主，受到过朝廷的打压。韩山童当上北方白莲教的教主后，结识了出身巨富之家、同样对元朝统治不满的刘福通，二人很快就得到了不少信徒的追随。他们宣称"弥勒降生，明王出世"，说韩山童是宋徽宗的八世孙，将来要做皇帝，又说刘福通是南宋大将刘光世的后代。这样一来，教徒们为了能过上好日子，愿意跟他们起义，连那些怀念宋朝的南人也纷纷加入。

两个人看到朝廷开河的暴政令百姓怨声载道，决定利用这个机会发动起义。他们散布民谣"石人一只眼，挑动黄河天下反"，鼓动开河劳工起来反抗。可由于走漏了消息，韩山童被官府抓捕并杀死。刘福通便继续召集人们起义，在很短的时间内就聚集起十万人同元军作战，先后攻克了颍州、罗山、上蔡等地。他们起义时头裹红巾，因此也被称为"红巾军"。

这时的元朝军队早已不是当年叱咤欧亚大陆的蒙古军了，他们大部分只是靠着祖辈的功劳当兵、做官的，根本没有冲锋陷阵的本领。至于带兵的统帅，更是一些怯懦之辈。元军将领赫斯虎赤见到红巾军的气势，当时就吓得喊逃，全军不战自溃。也先帖木儿在沙河跟刘福通作战时，军队在夜晚受惊，他作为将领，骑上马就要逃跑，部下前去阻拦，他却拔刀相向，说："我的命不是命吗？"三十万大军也跟着他乱跑，军械、盔甲、粮草、车辆丢得到处都是，红巾军不战而胜。1355年，刘福通拥立韩山童的儿子韩林儿在亳州称帝，史称"小明王"，改元龙凤，国号"宋"。彭莹玉、徐寿辉率领的红巾军则在蕲州起义，奉徐寿辉为皇帝，国号"天完"，就是在"大元"两个字上面各加一些笔画，表示要压倒元朝。此外濠州的郭子兴、徐州的芝麻李（李二）、襄阳一带的南北琐红巾军也纷纷起兵，影响很大。

红巾军起义点燃了元末农民起义的导火索，一时群雄并起，泰州的张士诚就是一位。他本是盐场的船工，平素饱受压迫，也趁势和盐工们起来杀官造反，攻破泰州、高邮、宝应等地，建国号"大周"，张士诚称"诚王"。泰州、扬州一带是南北大运河连通的关键位置，张士诚起义，使元朝的漕运被阻断。另外一支由方国珍领导的起义军，则召集了一支水上部队，阻断了元朝的海运。出身渔家的陈友谅本是徐寿辉手下的一个谋士，后来取而代之，成为天完政权的领袖。经过不断发展壮大，陈友谅的实力也越来越强。

顺帝出大都

为了平息风起云涌的起义，元朝派脱脱、察罕帖木儿和孛罗帖木儿等率军四处镇压。经过一次又一次的较量，起义军的形势发生了重大变化。江淮地区的红巾军领袖郭子兴被困濠州，损失惨重。他死后，他的部将朱元璋迅速崛起。而刘福通到处转战，还组织过北伐，攻占了山东一带，但最终还是被元军击败。

势力日渐强大的朱元璋，把已经穷途末路的刘福通和韩林儿接到了潞州。但朱元璋这么做只不过是想利用他们，他打着小明王韩林儿的旗号，招纳义军加入自己麾下。他采取"高筑墙，广积粮，缓称王"的方略，趁着元朝同刘福通、徐寿辉等作战的机会不断积蓄力量，先后攻克集庆等地，控制了江左、浙右。朱元璋陆续扫平了陈友谅、张士诚和方国珍等势力，平定了南方和中部地区。

另一方面，早已成为强弩之末的元朝统治者，却只顾争权夺利，内部闹得不可开交。1354年，脱脱亲率百万大军围攻高邮，张士诚眼看着就要守不住了。可是脱脱的政敌哈麻却向元顺帝进谗言，使得脱脱被贬官流放到云南，死在了半路上。元顺帝的皇后奇氏一直想让太子爱猷识理达腊提前继位，便撺掇几任宰相劝顺帝退位，凡是不同意的都被她赶下台。宰相、将军们也相互攻讦，能打仗的察罕帖木儿和孛罗帖木儿相继死去，掌握军权的只剩察罕帖木儿的养子扩廓帖木儿（汉名王保保），可他由于不愿逼顺帝退位，又与太子不和，只好离开大都。

1366年十二月，朱元璋以迎小明王去应天为名，派人到滁州接小明王。他的人在船行至江中时将船弄翻，失去利用价值的小明王就这样被溺死。1367年十月，朱元璋下令北伐，宣布要"驱逐胡虏，恢复中华，立纲陈纪，救济斯民"。他任命徐达为征虏大将军、常遇春为副将军。这两人都出身贫苦农家,是朱元璋的同乡,作战勇猛过人。徐达占领了山东、河南,又在太原夜袭扩廓帖木儿的大营,扩廓帖木儿只带着十八名骑兵逃走。徐达、常遇春顺利攻取关陇等地,进兵大都。元顺帝召集群臣打算逃走,大臣们极力劝阻,宦官赵伯颜不花痛哭道:"大元是世祖皇帝辛苦打下来的,怎么能轻言放弃呢?我愿率军出城迎敌,请陛下留守京城!"可是顺帝全无祖先们的勇气,坚持带着皇后、太子打开健德门,出居庸关,一路逃往上都。徐达率军进入大都城,元朝灭亡。1368年年初,他在应天府(今江苏南京)登基,国号"大明",年号"洪武",他就是明太祖。

元顺帝在蒙古草原上又活了几年,扩廓帖木儿则继续跟明军对抗,有时甚至还能取胜。可是从大都城破的那一天起,元朝就已经无可挽回地亡国了。之后北方的蒙古人日渐衰落,分裂成鞑靼和瓦剌两部分,继续跟大明王朝争斗。

读史点评

元朝在学习中原王朝政治制度的同时,还保留了蒙古部落时代的习惯。这使元朝统治者可以同蒙古王公乃至四大汗国的君主保持较好的关系,并在解决西北战事时起到一定作用。但是这对维持中原统治而言却并没有什么好处。其中影响最大的就是忽里勒台制度,它使帝位的传承极不稳定,皇帝频繁更换,政治动荡不安。而财政上的严重危机、纸币的滥发等,也同这些习俗的保留存在一定关联。开河与变钞并不必然激发大规模的农民起义,但在元末社会矛盾愈演愈烈的情况下,却难免导致这样的结果。

元朝的汉化政策只能满足维持统治的基本需求,却没有学到儒家思想的精髓——民本思想。"以民为本"在元朝的统治中基本没有得到体现。朝廷的腐化和横征暴敛加重了百姓的负担,也使社会矛盾不断激化,最终不可收拾。

思考题

成吉思汗和他的子孙统率的蒙古军队可谓所向披靡,而已经统治中原近一百年的元朝面对农民起义军却一再受挫。想一想,其中的原因有哪些?

第五章

科技与文化并重的时代

1. 棉花革命

棉花的前世今生

棉是今天每个人穿的衣服的主要原材料之一，但古代人穿棉质衣服的历史却并不长。传说衣服在黄帝时期就已经被发明出来了，他的妻子嫘祖则是养蚕业的祖先。此后的几千年中，中国人制作衣服的材料主要是丝、麻和葛，富贵人家穿蚕丝做的衣服，穷人家穿麻布或葛布做的衣服。到了冬天，有钱的人家可以穿上名贵的狐皮、貂皮，穷人只能往衣服里缝一些柳絮、芦苇。

棉花原产于印度和非洲，早在秦汉时期就已经传入中国，推广范围却始终有限，直到宋末元初，黄河中下游和长江下游各省才开始大面积种植棉花。元朝统一后，南北经济文化交流更加密切，南方的苎麻传播到黄河流域，北方色目人的棉花种植工艺也得到朝廷的大力推广,《农桑辑要》中就详细介绍棉花种植方法。这样一来,种棉花的人也越来越多,因此元朝在南方各省设立"木棉提举司",专门向农民征集棉布,农民可以直接用棉布来缴税,每年缴纳到户部的棉布多达五十万匹。

当时人们把棉花称作"吉贝"或"木棉",把棉布叫"白叠子"。棉布又细软又暖和,但是用棉花纺纱、织布,人们要手工摘棉铃、去壳子、摘掉棉花里的籽,再用弓子把它弹得又松又匀,然后才能纺成纱、织成布,非常麻烦。做头巾什么的还好,如果要做衣服或被褥,就要耗去很长时间,甚至得花上一年的工夫。直到元成宗时,黄道婆将海南黎族的棉纺工艺传到松江,这种情况才得到了改变。

黄道婆的故事

黄道婆是松江人,南宋末时出生在乌泥泾镇的一户穷苦人家。她的父母养不起家,在她很小的时候就给她许配好人家,送去夫家寄养,等长大了再正式结婚,也就是去当童养媳。婆家对童养媳一般都很苛刻,黄道婆的婆家也是如此。她每天都要干很重的活,还要伺候公婆和丈夫,婆家人稍有不如意就要打骂她。

绝望的黄道婆决定逃离这个没有温暖的家,于是便登上了一艘停在黄浦江边的船。她当然付不起船钱,只能帮着船主和工人们煮饭、洗衣服、扫地、缝缝补补。大家看她勤快又可怜,便收留她在船上。小姑娘并不知道天下有多大、船会开到哪里,只能糊里糊涂地跟着船漂哇漂,就这样一直漂去了海南岛,在崖州落了脚。可是她在这里无亲无故,要怎么生活呢?于是,她就住进了一家道观,跟着观里的道姑念经、拜三清、做法事。

崖州住着很多黎族人,他们很早就开始种棉花,也会使用棉花织布,技术比江南人和北方的色目人都要高明。黎族的女人不种桑、不养蚕,只种棉花,织出的棉布又结实又精细,可以做成黎幕、黎单、黎饰、花被、缦布等多种棉织品,还能织出兜罗棉、番布等,每年要向南宋的都城临安进贡二十多种棉布制品。黄道婆在这里住了三十多年,跟黎族妇女打成一片,把她们的本领全都学会了。

元成宗在位时,黄道婆已经五十来岁了。人上了年纪难免会想家。于是，她就搭乘一艘顺路的船，重新回到了阔别已久的家乡乌泥泾。几十年过去了，乌泥泾的土地还是同过去一样贫瘠，人们要吃饱、穿暖都不容易，还要缴纳朝廷的赋税，非常辛苦。于是，黄道婆就热心地教这里的女人们用棉花纺纱、织布，还制造了多种工具，让大家都好过一些，也使松江地区的棉纺技术有了革命性的进步。

"衣被天下"

过去乌泥泾的人去棉籽只能用手剥，《农桑辑要》记载的办法是用铁杖擀，也能省不少力。而黄道婆却制造了"搅车"，里面有两根曲柄的转轴，可以把棉籽从棉絮中挤出来，又快又方便。

弹棉花时，乌泥泾人用的是一尺四寸长的线弦小竹弓，需要用手指拨弦。而手的力道很弱，且容易受伤，于是黄道婆便制造出一种四尺多长的绳弦竹弓，用弹椎敲击，力气大，纺出的纱也好得多。

从前的纺车只有一个纺锭，要用手摇。黄道婆制成的纺车则有三个纺锭，用脚踏，效率增加了两倍，而且

黄道婆改进纺织技术

更加省力。这是个了不起的进步，在欧洲，18世纪的纺织厂的老板还觉得要找到一个能同时纺两根纱的工人，就像找双头人一样困难，直到"珍妮机"发明后才解决了这一问题。

黄道婆还对织布机进行了改造，她在织布机上安装了一个花楼，需要织花时，由一个人在花楼上面提经，另一个人在下面织纬，三个人同时操作，布上便可织出美丽的提花。

黄道婆使松江发展成全国棉纺织业的中心，享有"衣被天下"的美誉，棉布也从此逐渐成为中国人服装、被褥的主要材料。可是她连个名字也没有留下，人们只知道她姓黄，是一个道姑，年龄又比较大，因此尊称她为"黄道婆"或"黄婆婆"。黄道婆死后，人们一起出钱安葬了她，并为她建了一座庙，尊奉她为"先棉"，每年都去祭祀。直到现在，上海还流传着一首童谣："黄婆婆，黄婆婆！教我纱，教我布，两只筒子两匹布。"

2. 天文与科技

阿拉伯科技的使者

古时候的人们认为天象的变化预示着国运的兴衰，因此统治者们都很重视天文历法的研究，希望以此巩固统治。蒙古人也不例外，他们尤其重用来自波斯和阿拉伯的胡人天文学家。旭烈兀西征时，就在伊利汗国的首都马拉盖建了一座天文台，希望以此吸引各国学者。忽必烈即位前，也曾征召胡人天文学家，波斯人札马鲁丁大概就是在这时候来到元朝的。

1267年，札马鲁丁根据伊斯兰教历法，编纂出一套万年历，经忽必烈批准全国颁行，成为当时的人们从事农业生产和宗教祭祀的依据。同年，他还在元朝大都设观象台，并成功制造出七件天文仪器，用以观测太阳运行的轨道、星球方位，观测日影和春分、秋分、夏至和冬至，等等。与中国的传统仪器相比，它们在结构、形制和具体功能方面都有很大不同，使用时需要欧几里得几何、平面三角学和球面三角学等学问。

1271年，元朝在上都建立了回回司天台，札马鲁丁被任命为提点。两年后，忽必烈让他兼管秘书监，掌管皇家收藏的图书。他从波斯引进了大量天文、数学和占星方面的图书、仪器，是把阿拉伯科技文化传播到中国的重要使者。这批书中有《四擘算法段数》，也就是欧几里得《几何原本》的阿拉伯文译本，还有《诸般算法段目仪式》、托勒密《天文学大成》、医书《忒毕医经》等重要著作，秘书监也因此成为中国与阿拉伯科学文化交流的重要阵地。1287年，札马鲁丁升任集贤院大学士。集贤院掌管国子监、道教、占卜、祭祀等事，是国家礼教文化的重要机构，身为波斯人却能出任这样的要职，在当时是十分不寻常的。

在天文学之外，札马鲁丁还有很多其他方面的才能。1285年，他建议忽必烈编制全国地理图志，被忽必烈采纳。经过十五年的努力，他完成了多达一千三百卷的《大元大一统志》，全面介绍各地的地理沿革和风土人情，在当时有重要的政治和军事意义。他带领丝绸局的工匠，专门织造一种被称为"撒答剌欺"的名贵锦缎。这种锦缎原产于中亚的撒答剌欺镇，上面装饰着珠宝，成为风靡于元朝贵族阶层的服装用料。元朝统治者对此非常重视，甚至因此将"练人匠提举司"改称"撒答剌欺提举司"。

继札马鲁丁之后,还有一位来自西域的天文学家可马鲁丁,他继任了秘书监和撒答刺欺人匠提举的职务,能力和水平也相当受元朝廷重视。

大科学家郭守敬

元代有一位大科学家郭守敬,他在天文、水利、数学、仪器仪表制造方面都取得了卓越成就,均处于当时的世界领先水平。

郭守敬幼年失去了父亲,由祖父郭荣抚养长大。郭荣是当时颇有名望的学者,精通"五经"、数学和水利技术。郭守敬很早就表现出了在水利方面的天分,1262年,他经人推荐受到忽必烈的召见,提出了华北大兴水利的建议。忽必烈对他十分赞赏,命他掌管各地河渠的整修和管理工作。得到允许后,郭守敬便在中都、通州、顺德、磁州、孟州等地开辟新渠、疏通河道,节省了水路运输成本,使沿途上万顷土地得到灌溉。此外,他还重开过去西夏境内两条淤塞的古渠,使它们恢复如旧。1275年,郭守敬奉命勘察河北、山东一带的水利地势时,提出以

观测星象的天文学家郭守敬

海平面为基准面确立高度，从而首先提出了现代地理学上的"海拔"概念，为地理科学的发展做出了重大贡献。

刘秉忠发觉本朝沿用的《大明历》错误不少，且元朝疆域辽阔，各地日出日落时间、气候变化、播种收获日期差异很大，需要重新测算天象，制定新历法。可是还没来得及实施，他就去世了。1276年，忽必烈决定让郭守敬接手此事。郭守敬认为，天文观测是制定历法的基础，因此必须要有精密的观测仪器。于是他着手创制和改进了简仪、高表、浑天象等十几件天文仪器，又主持开展纬度测量，在全国各地设置了二十七个观测点，被后世称为"四海测验"。经过四年的辛勤工作，新历法于1280年春天正式完成，称为《授时历》。《授时历》废除了过去七十余家历法惯用的"积年"和"日法"，通过新仪器和新的计算方法，郭守敬考证了冬至、岁余及日出入昼夜时刻等七项天文数据，得到了关于日月运动的新数据。他推算出一年的长度是365.2425天，和现行公历所采用的数值一模一样，十分准确，比西方早了三百多年。

为了纪念郭守敬的功绩，1970年，国际天文学会用他的名字为月球上的一座环形山命名。1977年，国际小行星中心将小行星2012以他的名字命名。国家天文台也用他的名字给 LAMOST 望远镜命名。

3. 戏中人生百态

元曲四大家

戏剧是一种由多人分角色表演故事的舞台艺术。唐朝时就出现了杂剧，宋、金两朝又有所发展。元代杂剧比唐宋时角色分工更细，有正末、副末、旦、外、净等各种行当，并且继承了金代诸宫调的成就，将过去一两支、两三支曲子编成一大套，然后按曲填词。这样，杂剧演员既能说，也能唱，再加上武打和插科打诨等各种表演，可以在舞台上演出各种精彩故事。

演好一出戏，剧本很重要，它要明确规定所有的角色谁先上、谁后上，怎么说、怎么唱，哪一段要悲哀、哪一段要好笑，需要什么道具、道具怎么用，等等。想把剧本写得精彩好玩，还要浅显易懂，很不容易。从事戏剧行业的演员大部分连识字都做不到，更别说写剧本了。

不过在元代，汉人、南人中的读书人找不到出路，为了挣钱糊口，就只好帮戏班子写剧本。其中最出色的是关汉卿、马致远、郑光祖和白朴，他们被称作"元曲四大家"。

"四大家"中的白朴创作了杂剧《墙头马上》，这是以白居易的诗《井底引银瓶》为基础创作的爱情故事。马致远创作了杂剧《汉宫秋》，讲的是王昭君匈奴和亲的故事。他写的小令《天净沙·秋思》描绘了秋天的悲凉景象，非常有名："枯藤老树昏鸦，小桥流水人家，古道西风瘦马，夕阳西下，断肠人在天涯。"由于"四大家"和虞集、萨都剌、马祖常等许多人的创作，使元曲和唐诗、宋词一样，成为我国古代文学中绚丽多彩的一页。

关汉卿与《窦娥冤》

关汉卿是大都人，大约生活在元世祖到成宗年间，据说在太医院任过职。他极具才情，过着放浪形骸的生活，经常出入歌楼舞榭，结交了不少从事杂剧、散曲创作的人，比如创作《赵氏孤儿》的纪君祥等人。他曾在一首曲子中说："我玩的是梁园月，饮的是东京酒，赏的是洛阳花，攀的是章台柳。我也会围棋、会蹴鞠、会打围、会插科、会歌舞、会吹弹、会咽作、会吟诗、会双陆。"他以此排遣烦恼，却不肯向达官贵人逢迎献媚，说自己是"蒸不烂、煮不熟、捶不匾、炒不爆、响珰珰一粒铜豌豆"。

关汉卿对后世影响最大的杂剧是《窦娥冤》，讲的是穷人家的女儿窦娥被卖给蔡家做童养媳，后来丈夫去世，只能和婆婆相依为命。流氓张驴儿想逼窦娥跟自己结婚，被窦娥拒绝。张驴儿误用毒药杀死了父亲，却诬陷是窦娥杀的。窦娥含冤入狱，受尽拷打，依然不肯认罪，审案的州官认为杀人的如果不是她，就可能是她的婆婆。窦娥担心婆婆年老，受不起刑罚，只好认罪，于是被判处死。临刑前，窦娥想到官府善恶不分，坏人逍遥法外，自己却被错判了死罪，不由得怨气冲天，哭诉说"为善的受贫穷更命短，造恶的享富贵又寿延"，"地也，你不分好歹何为地？天也，你错勘贤愚枉做天"。她立下三桩誓愿，说只要自己是冤枉的，就要血溅白练、六月天下雪、大旱三年，结果这些誓愿一一应验。几年后窦娥的父亲做了大官，终于为她平反。通过这些在现实中不可能出现的情节，关汉卿表达了自己对黑暗现实的痛恨和对司法公正的期盼。

关汉卿的杂剧创作成就很高，除了《窦娥冤》以外，《单刀会》《救风尘》等也很受好评，他的杂剧被认为是"元人第一"。1987年，为纪念他的艺术成就，国际天文组织将水星上的一座环形山命名为"关汉卿"。

王实甫与《西厢记》

和关汉卿一样，王实甫也是大都人，也喜欢光顾教坊、勾栏这些上演杂剧的场所，并且很擅长写儿女风情之类的戏。他创作的杂剧《西厢记》，被誉为"天下夺魁"，对后世影响很大。

《西厢记》的故事取材于唐代诗人元稹创作的小说《莺莺传》，说的是相府小姐崔莺莺寄居普救寺的西厢院，遇到张生，两情相悦，最终却被遗弃的故事。唐、宋时不少诗人都对这个故事很感兴趣，写过很多诗词，金朝的董解元还据此创作了一部套曲《西厢记诸宫调》。王实甫在前人的基础上，对整个故事进行了大胆的改编。

书生张珙和崔夫人、崔莺莺母女都借住在普救寺，不料当地有个恶霸孙飞虎带兵围住了普救寺，要强娶崔莺莺。崔夫人无奈，宣布谁能退兵，就把莺莺许他为妻。

张生写信请白马将军杜确前来解围。谁知崔夫人嫌张生身份低微，有心悔婚，就让张生与莺莺以兄妹相称。可是张生与莺莺互相爱慕，便在莺莺的丫鬟红娘的帮助下私订终身。崔夫人发现后非常恼火，逼迫张生参加科举，如果考不中就不许再回来见莺莺。崔夫人的侄子郑恒想娶崔莺莺，造谣说张生已经另娶妻子，崔夫人决定将莺莺嫁给郑恒。关键时刻，中了状元的张生回来探望莺莺，于是有情人终成眷属。

王实甫笔下的人物形象塑造得非常成功：崔夫人说"俺三辈儿不招白衣女婿"，要张生必须考中状元才能回来与莺莺完婚，百般刁难，是顽固、势利之人的代表；张生则有别于《莺莺传》中的形象，勇于追求爱情，且有一颗赤子之心；莺莺无视物质诱惑的爱情观很是纯粹；剧中还塑造了一个诙谐、机智的红娘角色，她身为丫鬟，却利用自己的智谋促成了小姐和张生的良缘，特别令人喜爱，"红娘"因此也成了"媒人"的别称。经过王实甫的改编，这个故事既符合人情事理，又充满戏剧性，让看戏的人跟着剧中人物时而惊慌、时而高兴、时而愤怒、时而悲伤，最后在皆大欢喜的结局中获得了精神的愉悦。

语言方面王实甫继承了唐诗宋词的精美，又吸收了民间活泼的口语风格，是戏曲史上"文采派"的代表。《西厢记》中"碧云天，黄花地，西风紧。北雁南飞。晓来谁染霜林醉？总是离人泪"等句子，就很是曼妙优美。

4. 绘画与书法

元代文人画

中国的绘画不苛求形似，更注重传神、写意，讲究诗、书、画、印相映成趣，具有独特魅力。比如唐代诗人王维就曾画过一幅《袁安卧雪图》，描绘雪中的芭蕉。芭蕉到冬天已经枯萎，现实中几乎无法看到，但人们认为，这恰好能表现出袁安作为隐士的高洁、闲适。这种文人画在元代时正式形成，文人士大夫们在喝酒、吟诗之后，往往畅快地挥毫泼墨，以游戏的态度、天真的意趣，画出各种各样的山水、人物、花鸟，称之为"墨戏"。

文人画不喜欢用五彩，而只用浓淡不一的水和墨，非常淡雅。他们还认为画画用笔应该和书法用笔相通，大书画家赵孟頫（fǔ）就说过，画石头的用笔好像书法中写飞白，画树木的用笔好像写籀文。书画家柯九思则说，画竹子或树木的干要用写篆书的笔法，画枝要用草书的笔法，画树叶、竹叶用"八分"笔法或颜真卿的"撇笔法"。这样画出来的画，当然和一般画匠、画师的作品大不相同。当时的著名画家黄公望、王蒙、倪瓒和吴镇，继承了宋代山水画的很多风格，但是更加萧散，被称为"元四家"。

黄公望早年当过官，后来因事牵连被关进监狱，出狱后干脆当了道士，隐居在虞山和富春江一带，纵情山水。他的画苍秀幽远，清净淡雅，画山嶙峋奇峻，画水柔缓空灵，常以淡赭、花青微染，代表作是《富春山居图》。倪瓒的名气也很大，他本出身富贵之家，却突然将家财尽数分送给了亲人、朋友。人们都很奇怪，结果没多久元末农民起义就爆发了，有钱人家全都受到严酷的对待，倪瓒却乘着一叶扁舟，戴着箬竹编成的斗笠，往来于江湖上，怡然自得地作诗、作画。

此外元代初年有一位叫郑思肖的画家，他心中一直怀念南宋。他擅长画兰花，却不在兰花下面画土，想借此表达大宋的国土已被元朝抢走。另一位画家高克恭则喜欢模仿宋代米芾、米友仁留传的"米氏云山"画法。还有一位生活在元朝末年的隐士王冕，擅长画没骨花卉，擅画墨梅，自成一家。他的诗句"我家洗砚池头树，朵朵花开淡墨痕"，讲的便正是自己画的墨梅。

书画双绝赵孟頫

在元朝众多书画家中，书、画兼工的人非常多，可是能够在绘画上跟"元四家"并驾齐驱，在书法上跟颜、柳、欧争高下的，就只有赵孟頫。

赵孟頫是宋太祖赵匡胤第十一世孙，出身贵胄，祖父、父亲都在南宋做高官。赵孟頫自幼聪敏过人，读书过目成诵，十四岁就进了国子监，还在真州做过参军。南宋灭亡后，他被举荐到元朝做官。元世祖忽必烈让赵孟頫起草诏令，他提笔就写，而且写得非常好，忽必烈很喜欢他。有个御史中丞说赵孟頫是前朝宗室子弟，不应该让他做皇帝的近臣，忽必烈非但不听，还把此人赶出了御史台。

有一回，赵孟頫在宫墙外骑马，因为路窄跌进河里，忽必烈就让人把宫墙移开了两丈。忽必烈想重用赵孟頫，甚至想让他做丞相，无奈总有人反对，便也不再坚持，但还是特许他自由进宫。赵孟頫知道自己身份特殊，因此很少进宫，并坚决请求调离京师。忽必烈死后，成宗、仁宗对他也都很优待。仁宗将他看作李白、苏轼这样不可多得的奇才，生前按一品资历加以礼遇，死后追封他为魏国公。

赵孟頫博学多才，尤其擅长书法、绘画，强调"书画同源"。他从五岁起每天一大早就起来练字，一天少则几千字，多则上万字，几十年来从未中断。他的篆书学石鼓文、诅楚文（秦石刻文字），隶书学梁鹄、钟繇，行书和草书学王羲之、王献之父子，也学过李邕的书法。他广泛搜集各种古帖，不断临摹，融会贯通，形成了自己独特的风格，骨力秀劲，圆转流美，人称"赵体"。绘画方面，赵孟頫不喜欢宋代画院的格调，主张画中要有古意。他的山水画学董源、李成，人物、鞍马学李公麟和唐人，擅长墨竹、花鸟。他主张以书法的笔法作画，自己又擅长书法，因此画出来的墨竹非同寻常，其他人很难比得上。他的画清腴华润，是元代画坛的宗师。传世作品有《三马图》《松水盟鸥图》等。

身为一代宗师，赵孟頫的书画作品名满中外，日本人、印度人也以珍藏他的作品为贵。此外，他的妻子管道昇、儿子赵雍也擅长书画，其友人、弟子也发扬了他的美学观点，使元代文人画经久不衰。

读史点评

元朝的科技、文化发展,反映了民族之间、国家之间文化交流的成果。棉花的传入并不是在元朝,却在元朝完成了真正的推广。黄道婆传播的棉纺技术,得益于汉族和黎族之间的文化交流。除了阿拉伯文明的传播使者札马鲁丁,元代还出现了许多蒙古人、色目人的文学家、艺术家、发明家。

从社会阶层上看,元代科技文化成果的创造者中既有贵族、官员和士人,比如天文学家札马鲁丁、郭守敬,书画家赵孟𫖯等,也有普通百姓,比如创造棉纺织技术的黎族人和这种技术的传播者黄道婆,以及撰写杂剧、散曲的许多作家。这说明知识积累离不开劳动的实践,不同条件下的人通过努力,都能在自己的领域中创造出非凡成就。

思考题

黄道婆改进和传播的纺织技术，给她的家乡和民众的生活带来了哪些改变？棉纺织技术的革新对于当时乃至后世的经济社会发展又有着怎样的影响？

大事年表

1206年	铁木真建立大蒙古国,被各部尊为成吉思汗。
1219年	成吉思汗西征花剌子模。
1227年	成吉思汗病死。蒙古灭西夏。
1229年	窝阔台即大汗位。
1231年	蒙古军征高丽。
1234年	蒙古与南宋联合灭金。
1235年	窝阔台命拔都发起西征。
1246年	贵由即大汗位,吐蕃归顺蒙古。
1251年	蒙哥即大汗位,命忽必烈总领汉地事务。
1253年	忽必烈征服大理,旭烈兀出兵西征。
1257年	蒙哥亲征南宋。
1259年	蒙哥病死,忽必烈在鄂州与南宋议和,回师争夺汗位。
1260年	忽必烈即大汗位,发兵征讨阿里不哥。
1268年	蒙古军包围南宋重镇襄阳、樊城。
1271年	忽必烈定国号为"大元"。

1272年	改中都为大都,定为都城。
1275年	意大利人马可·波罗到达上都。
1276年	南宋灭亡。
1281年	施行《授时历》;远征日本的蒙古大军遇台风覆没。
1282年	朱清、张瑄开辟了海上漕运航线。
1293年	通惠河完工,京杭大运河全线贯通。
1323年	南坡之变,元英宗被铁失等人谋杀。
1328年	元文宗、天顺帝并立,两都之战爆发。
1333年	元顺帝即位,伯颜专权。
1350年	朝廷更改钞法,造成混乱。
1351—1353年	刘福通、徐寿辉、郭子兴、张士诚等先后起义反元。
1363年	鄱阳湖水战,朱元璋击败陈友谅。
1368年	朱元璋称帝,国号"明"。明军攻克大都,顺帝北逃,元朝灭亡。